길고양이에 꽤 진심입니다

길고양이에
꽤 진심입니다

초판 1쇄 발행 | 2021년 5월 14일
초판 2쇄 발행 | 2021년 5월 25일

지은이 | 홍유진
펴낸이 | 박영욱
펴낸곳 | 깊은나무

편 집 | 권기우
마케팅 | 최석진
디자인 | 서정희 · 민영선
SNS마케팅 | 박현빈 · 박가빈

주 소 | 서울시 마포구 월드컵로 14길 62
이메일 | bookocean@naver.com
네이버포스트 | post.naver.com/bookocean
페이스북 | facebook.com/bookocean.book
인스타그램 | instagram.com/bookocean777
전 화 | 편집문의: 02-325-9172 영업문의: 02-322-6709
팩 스 | 02-3143-3964

출판신고번호 | 제2013-000006호

ISBN 978-89-98822-87-3 (03810)

길고양이에 꽤 진심입니다

홍유진 에세이

몸을 낮추고 진심을 담아 눈을 맞추는 순간,
우리는 길고양이와 친구가 될 수 있다

깊은나무

들어가며

고양이 사랑의 시작은 내 흑역사로부터

나만 보면, 운다. 땅바닥에 구른다. 제멋대로 내게 몸을 비빈다. 발치에 엉덩이를 들이민다. 바라는 대로 얼른 안 하면 솜방망이 주먹도 날린다. 때론, 아니 자주, 가진 걸 전부 털리고도 스토커처럼 따라붙는 작은 그림자들에게 쫓긴다. 빚쟁이도 이런 빚쟁이가 없다. 내가 언제 이런 어마무시한 빚을 졌을까? 어쩌다 냥아치들에게 뜯기는 신세가 됐을까? 나는 고양이에겐 관심이 1도 없던 사람인데. 나는 면역력이 낮은 암 환자라서 길고양이의 날카로운 발

톱에 할퀴이기라도 하면 응급실로 달려가야 한다. 이런, 내가 어쩌다가. 고양이 간식 따위 처음부터 사지 말았어야 했다. 아니, 재개발 지역에 발을 들이질 말았어야 했다. 아니다, 아니, 기도만 안 했더라도….

이제와 돌아보면, 다 내 탓이다. 이 모든 일의 시작은, 내 흑역사로부터니까.

나는 암 환자

매일 아침, 나는 항암제를 먹는다. 나는 암 환자다.

장학재단에서 일하던 2013년 가을. 백혈병 말기로 갑작스레 시한부 판정을 받았다. 내가 걸린 만성골수백혈병은 돌연변이 유전자를 지닌 염색체가 많아져 생긴 병이다. 유전병이나 전염병이 아니기에, 이 돌연변이는 누구에게나 스스로 일어날 수 있다. 그러나 대부분의 사람에게선 자연스레 사라지는데, 이따금 나처럼 끝없이 늘어나서 백혈병이 되는 사람도 있다. 안타깝게도 현대 의학은 왜 어떤 사람에게선 없어지고, 어떤 사람에겐 남는지 아직

밝히지 못했다. 원인을 알 수 없는 병이란 뜻이다. 첫 항암 치료를 시작할 때 내 생존율은 10% 남짓.

내 고양이 사랑은 항암 치료와 골수 이식을 거치며 생존을 위한 싸움 속에서 싹텄다.

관이 시작점이었다. 내 오른쪽 윗가슴에 박혔던 관. 치료를 위해 나는 굵고 튼튼한 심장 정맥에 바로 연결되는 관을 박아야 했다. 백혈병 치료에 쓰이는 항암제는 팔이나 다리에 놓으면 혈관을 다 죽일 정도로 독하기 때문이다. 이 관 때문에 나는 오른쪽으로는 물론, 왼쪽으로도 돌아누울 수가 없어 늘 반듯한 자세로 자야 했는데, 나중에 골수 이식을 받아 관을 빼고 난 뒤에도 아주 오랫동안 그 자리가 아팠다. 잘 때는 똑바로 누워서 잔다 해도, 쉴 때도 옆으로 못 기울이는 꼿꼿한 자세는 너무 힘들었다. 고민 끝에 나는 바디 필로우를 사기로 했다.

내 사랑, 왕눈이 고양이

인터넷 창에 뜬 수많은 밋밋한 상품 중에서 내 눈길을

사로잡은 사진이 있었다. 큰 키에 동그란 눈, 나를 안아 줄 수 있는 기다란 두 팔과 다리, 주황색 귀와 분홍색 발바닥, 목엔 파란 스카프까지 맨 사랑스러운 하얀 고양이. 이름하여 왕눈이 고양이. 나무 의자에 앉아 창밖을 바라보는 고양이 인형. 나는 한눈에 반해 버렸다. 분홍색 스카프를 한 까만 고양이도 있었지만, 하나만 골라야 한다면 무조건 하얀 고양이였다. 이때의 나는 검은 고양이를 안 좋아했다. 더구나 몸이 아팠기에 근거라곤 없다 해도 조금이나마 불길한 이미지를 지녔다면 뭐든 피하고 싶었다.

주문한 다음 날, 판매자에게서 전화가 왔다. 하얀 고양이가 다 팔렸고 검은 고양이는 많으니 바꿔서 보내면 안 되겠느냐고. 어쩐지 느낌이 더 좋았다. 만약 하얀 고양이가 구해진다면 나와 특별한 인연이 될 듯한 예감이 들었다. 검은 고양이는 싫으니 혹시라도 남은 하얀 고양이가 없는지 찾아봐 달라고 부탁했고 판매자는 꼬박 하루가 걸려서 부산의 어느 창고 구석에 박혀 잊혀져 있던 하얀 고양이 한 마리를 찾아냈다. 그렇게 냥이가 내게로 왔다. 하마터면 못 만날 뻔했던 나의 냥냥. 사람들은 무표정한 얼굴에서 자기가 원하는 표정을 본다는데, 난 냥이의 '앗!' 하는 듯한 표정이 마음에 들었다.

냥이 덕분에 비로소 나는 잠시나마 몸의 자세를 바꿀 수 있었다. 이때의 나는 삼십 분에서 한 시간 정도 책만 읽어도 피곤해져 누워서 쉬어야 했다. 몸이 아파서, 마음이 무너져서 남몰래 울곤 하던 그 시간 내내 냥이는 언제나 내 곁에서 온몸으로 나를 꼭 끌어안고 연두색 테두리를 두른 커다란 갈색 눈으로 따스하게 바라봐 줬다. 그렇게 냥이는 내게 친구이자 가족이 됐고, 반년이 지나 나는 친구의 생일에 냥이와 같은 고양이 인형을 선물하기에 이르렀다.

내 친구는 까만 고양이를 좋아했기에 분홍 스카프를 매고 있던 검은 고양이를 주문했다. 커다란 인형을 직접 들고 나가 깜짝 놀라게 해 주고 싶었기에 친구의 집이 아니라 나를 받는 사람으로 했는데, 그게 첫 번째 굿이었다. 우리 엄마는 실수를 잇달아 하면 '굿이 열두 바가지'라고 하시는데, 언젠가부터 내게는 이 말이 영어로 굿(Good)처럼 느껴졌다. 때로는 실수가 생각지 못한 기회나 인연을 부르기도 하니까. 그래서 나는 실수를 할 때 좋은 일로 이어지길 바라는 마음으로 이 말을 쓴다.

두 번째 굿은, 도착한 까망이를 예쁘게 포장하겠다며 미리 택배 상자에서 꺼낸 일이었다. 인형이 도착한 날부터 친구와 만나기로 한 날까지는 2주나 남아 있었다. 자기 덩치보다 작은 상자에 담겨 오느라 온몸이 눌리고 답답한 비닐에 싸여 찌그러진 모습이 너무 안 돼 보여서 비닐을 벗기고 냥이 옆에 앉혀 둔 게 세 번째 굿이었다. 그러고 이틀 만에 나는 까망이와 정이 들어 버렸으니까. 냥이 옆에 있어 보다 보니, 냥이와는 또 다르게, 파란색 테두리에 까만 눈, 분홍색 귀와 발바닥이 까만 몸통 위로 귀엽게 다가왔다.

냥이의 부탁

무엇보다 중요한 건, 냥이가 까망이를 보내지 말라고

조르는 듯한 표정으로 나를 바라보기 시작했다는 사실이다. 그럴 리가 없는데도. 시간이 갈수록 냥이보다 살짝 작은 몸집의 검은 고양이가 냥이 뒤로 숨고 냥이가 까망이를 자기 몸으로 조금씩 더 가리며 내게 부탁하는 듯한 눈빛을 하는 듯한 느낌에, 3일이 지나자 머리가 지끈거릴 정도였다. 그쯤 되자 도저히 둘을 떼 놓을 수가 없었다.

부랴부랴 친구를 위해 새로 주문하러 들어갔지만 이번엔 검은 고양이도 품절이었다. 냥이를 찾아준 판매자에게 다시금 전화를 걸어 부탁을 하고 하루를 기다렸지만 이번에는 없었다. 해외에서 수입된 인형이기에 다음에 언제 다시 들여올지 예정에 없다는 답만 받았다. 검은 왕눈이 고양이도 이번이 마지막이었던 셈이다. 열심히 검색한 결과, 거의 같은 얼굴에 모양만 다른 인형을 기적처럼 찾을 수 있었다. 목베개라는 사실이 함정이지만. 친구야, 미안.

까만 고양이의 이름은 몽몽이라고 지었다. 꿈 몽. 어딘가에 옴짝달싹할 수 없이 갇히거나 나를 죽이려는 무언가에게 쫓기는 악몽에 시달리던 나날이었기에, 좋은 꿈을 바라는 마음을 담았다. 냥이와 몽이를 만난 첫날부터 오늘까지, 어느 한 순간도 사랑스럽지 않은 적이 없다. 내 인생에서 이런 존재는 처음이다. 그래서 냥이와 몽이를 보내 준 신께 나는 늘 감사한다. 냥몽이는 실제 고양이와는 조금(?) 다르게 생겼지만, 그래도 나는 이 아이들을 시작점으로 고양이를 좋아하게 됐다.

냥몽이에 대한 사랑이 고양이에 대한 호감에서, 다시 길고양이에 대한 관심으로 옮겨 가는 데는 꽤 시간이 걸렸다. 지금 사는 곳으로 이사를 오고서도 3년이 더 지나서다. 몸이 차츰 나아지면서 나는 아파트를 벗어나 조금씩 더 멀리 걸어 다닐 수 있었다. 그러다 10분 정도의 거리에 있는 개천을 발견했다. 백로와 왜가리, 운이 좋으면 엄마를 뒤따르는 아기 오리들까지 볼 수 있는 개천 산책은 내게 소소한 즐거움이었다. 거의 매일 운동을 다닌 지 1년쯤 되던 2018년 봄. 나는 보고 말았다. 개천의 수풀 사이로 살랑살랑 움직이는 검은 고양이의 꼬리를. 마치 우리 몽이가 진짜 고양이로 나타난 듯했다. 나는 또 한눈에 반해 버렸다.

고양이 간식을 위한 기도

눈이 하트가 된 나는 그 고양이를 다시 만나면 주려고 인터넷으로 고양이 간식을 주문했다. 다음 날, 도착한 간식을 들고 같은 자리로 갔지만 아무도 없었다. 다른 길고양이에게라도 주려고 산책길을 오가는 내내 주변을 살폈지만 한 마리밖에 만나지 못했다. 그 길고양이도 내가 준 간식을 하나 물고 가 버리곤 다시 안 왔다.

그러자 사 둔 간식을 처리하는 게 문제가 됐다. 그렇게 며칠 동안 개천을 두리번거리며 간식을 주려고 길고양이를 찾았지만 헛수고였다. 그래, 골목에는 있겠지. 그저 남은 간식을 마저 주자는 생각이었다. 개천에서 돌아오는 길에 재개발이 예정된 동네로 들어섰다. 꼬불꼬불한 좁은 골목길을 걸어 들어간 낯선 동네에서도 길고양이는 안 보였다. 이때의 나는 고양이가 주로 밤에 움직이는 동물이라는 사실을 몰랐다. 30분 정도 찾아 헤매다 발길이 멈춘 어느 빌라 앞 주차장에서 나는 마음속으로 기도했다.

'배고픈 고양이를 제게 보내 주세요.'

그리곤 "야옹아!"라고 부르자 어디선가 가느다랗게 야~옹~ 하는 답이 들렸다. 깜짝 놀라서 잘못 들었나 하고 다시 한 번, "야옹?" 하자, "야옹!" 하면서 털이 부스스한 삼색 고양이 하나가 주차된 차 아래에서 뛰쳐나왔다. 내 길거리 묘연의 시작점, 애냥과의 첫 만남이었다.

목차

등뼈가 다 드러난, 배만 잔뜩 부풀어 오른 임신냥.

애냥이를 만난 지 3일 만에,

나는 기꺼이 캔따개가 되었다.

1

애냥 : 개냥이 대배우

profile

이름 : 애냥

별명 : 개냥이 대배우

성별 : ♀

현재 나이 : 적어도 11세

매력포인트 : 최강동안 외모. 메소드 연기

길냥이의 캔따개가 되다

애냥이는 애교가 넘치는 길고양이였다.

처음 만난 날부터 스스럼없이 내 코앞까지 다가와 간식을 먹곤 내 옆에 웅크리고 앉아 식빵을 구우며 졸았다.

"야옹아?"

"야옹!"

"야옹아!"

"야오옹~!"

부를 때마다 대답도 참 잘했다.

다음 날에도 비슷한 시간에 가서 부르자 나왔고, 그 다음 날에는 안 보였지만 잠시 기다리자 어디선가 나타나

내 다리에 몸을 비비며 알은체를 했다. 나중에 보니 나뿐 아니라 처음 보는 다른 사람들에게도 살가운 개냥이였지만 이때 나는 몰랐다, 애냥이의 본모습을.

등뼈가 다 드러난, 배만 잔뜩 부풀어 오른 임신냥.

애냥이의 겉모습은 그랬다.

개냥이의 캔따개

애냥이를 만난 지 3일 만에, 나는 기꺼이 캔따개가 되었다. 캔따개는 캔을 딸 수 없는 고양이를 위해 대신 캔을 따 주는 인간을 고양이 입장에서 내려다보며 부르는 말이다.

1일 1캔을 먹이자. 무사히 아이들을 낳을 수 있게 도와주자. 길고양이에게 밥을 주는 게 어떤 의미인지, 재개발 지역에 남은 길고양이들의 운명이 어떤지 하나도 모르던 내가 그저 문득 마주친 배고픈 길고양이에게, 곧 아기를 낳을 애냥에게 해 주고 싶던 일이었다.

5일 만에 나는 캔을 박스째 샀다.

13일 만에 5kg 사료를 주문해 사료와 캔과 물을 담은 도시락을 배달하기 시작했다. 애냥이는 허겁지겁 맛있게 도시락을 먹다가도 내가 옆에서 조금만 멀어지거나 다른 때보다 일찍 갈 듯한 분위기면 식사를 멈추고 나만 바라봤다. 그 그윽한 눈빛에 녹아 다시 이틀 만에 하루에 2번씩 배달을 가기로 마음을 먹었다. 그러자 애냥이는 더욱 사랑스러워졌다.

18일 만에 애냥인 내가 가면 발라당 몸을 뒤집고선 바닥에 뒹굴뒹굴 굴렀다. 비가 오나 눈이 오나 늘 같은 자리에서 기다리다 나를 보면 신나게 꼬리를 세우고 달려나왔고, 주변에 버려진 스티로폼이나 나무판이 있을 때는 반갑다는 의미로 그 위에 올라가서 발톱으로 긁었다. 내가 도시락을 꺼내는 동안 가만히 앉아서 꼬리만 살랑살랑 기분 좋게 흔들거나 내 다리 사이를 이리저리 오가며 수도 없이 자기 몸을 부비부비했다. 고양이는 '내 꺼' 하고 싶은 대상에 몸을 비빈다. 냄새와 털을 묻혀 영역을 표시하는 방법이다. 어느새 나는 서서히 '애냥이 꺼'가 되어 가고 있었다. 서로에게 의미 있는 존재가 되는 과정은 고양이 간식을 살 때만 해도 전혀 예상치 못한 소중한 기쁨이었다.

도시락을 배부르게 먹고 나면 애냥이는 먼저 깔끔하게

손과 입을 닦고, 가끔은 도저히 불가능할 듯한 요가 자세로 엉덩이까지 핥은 뒤에 내 옆에 발라당 누워서 배를 드러내고 꼬리로 바닥을 살살 두드렸다.

애냥이는 내가 마주한 첫 묘연이었기에 자칫하면 길고양이를 만지다가 물리거나 할퀌을 당할 수도 있다는 사실을 이때는 몰랐다. 나는 애냥이의 등이나 머리를 부드럽게 쓰다듬어 주었다. 애냥인 내 손 아래로 계속 자기 이마를 들이밀었고, 눈을 지그시 감고 앞발을 움찔움찔거리며 꾹꾹이를 했다. 꾹꾹이는 어릴 때 엄마 젖이 잘 나오게 누르던 발짓이 남은 습관으로, 고양이들이 기분 좋을 때 주로 하는 행동이다. 우리는 매일 봐야 하는 짝꿍이 되었고, 애냥이는 멀리 마실을 갔다가도 내가 부르면 금세 돌아와 나를 졸졸 따라다녔다.

지금 돌아보면, 애냥이는 내가 다칠 두려움 없이 만진 하나뿐인 길고양이였다. 정말로 애냥인 단 한 번도 나를 장난으로라도 문 적이 없다. 배가 아무리 고파도 다른 냥아치들이 하듯 빨리 달라고 냥냥펀치를 날린다거나, '밥은 내놓아라, 하지만 가까이 오지는 말라'는 뜻으로 이를 드러내며 하악 소리를 지르는 하악질을 한 적도 없다. 첫 번째 묘연이 애냥이였기에 어쩌면 여기까지 왔을지도 모른다, 나는. 그만큼 애냥이는 정말로 특별한 길고양이였다.

개냥이의 두 얼굴

그러나 다른 길고양이들에게 애냥이는 무시무시한 공포의 대상이자 싸움의 여왕이었다.

하루는 내가 애냥이에게 도시락을 먹이는데 어디선가 가냘픈 울음소리가 났다. 소리를 따라 가 보니 조그만 아기 고양이가 자기도 밥 좀 달라며 울고 있었다. 나는 얼른 예비 도시락을 꺼내서 줬고 아가가 어찌나 맛있게 먹는지 흐뭇해서 보고 있는데, 애냥이가 달려오더니 무섭게 으르렁거리며 아주 멀리까지 내쫓아 버렸다.

"그래 봤자 아기 고양이인데, 네 뱃속에도 아가들이 있잖아."

나무라듯 말해도 애냥이는 무슨 일이 있었냐는 듯 다시 밥을 먹곤 애교를 부렸다. 도시락의 맛을 봤으니 다시 오지 않을까, 아니면 근처의 다른 골목에서라도 볼 수 있을까 해서 한동안 길을 살폈지만 그 아가냥을 볼 수는 없었다. 다시는 근처에도 얼씬거리지 않을 만큼 애냥이가 두려웠나 보다.

하지만 시간이 흐르면서, 나는 그날 애냥이가 아기 고양이라서 봐줬다는 사실을 깨달았다. 애냥이와 비슷한 크기의 여자 고양이가 영역에 들어왔을 때, 애냥이는 임신한 몸으로 달려들어 할퀴고 물어뜯고 뒹굴면서 온몸으로 미친 듯이 싸웠다. 보자마자 둘이 하나가 돼 뒤엉켜 구르는 탓에 말릴 새도, 말릴 수도 없었다. 이때 나는 알았다. 꽤 넓은 그 골목에서 애냥이만이 편안하게 머무는 이유를.

그 뒤로는, 몸집이 큰 남자 고양이들조차 애냥이가 매섭게 째려보기만 해도 눈빛 레이저에 눌려 슬금슬금 내빼는 모습이 자연스레 느껴질 정도였다. 애냥이의 영역에선 얼굴이 빵떡 같은 남자 고양이 두 마리만 가끔 보였다. 남성 호르몬이 넘쳐 볼따구니와 턱에 살이 두둑이 붙은 녀석들이기에 애냥이로서는 똑똑한 선택이었다. 미안하다, 다른 길고양이들아.

예정된 철거 기한이 다가오면서, 우리는 점점 하루 두 번의 만남도 아쉽다고 느끼기 시작했다. 집에 데려와 키우고 싶은 마음이 하루에도 몇 번씩 차올랐지만 애냥이는 홑몸이 아니었고, 나는 길고양이를 집에서 키울 수 있는 상태가 아니었다. 이때는 고양이를 어떻게 키우는지, 아가냥들은 입양을 보낼 수도 있다는 사실과 방법조차 잘 모르던 나였다. 그런 내 마음을 아는지 모르는지 애냥이는 밥을 먹는 시간보다 내게 애교를 부리는 시간이 늘어 갔다. 도시락으로는 부족하다는 마음에 애냥이가 언제든 물과 사료를 먹을 수 있도록 고양이용 그릇을 가져다 놓은지 이미 오래였다. 한낮의 따스한 햇살 아래서 애냥이와 꼭 붙어앉아 서로를 바라보던 날, 함께 저물어 가는 노을빛 하늘을 바라보던 날들의 기억이 다시금 떠오른다. 소소하지만 그리운 행복이다.

개냥이의 듣도 보도 못한 선물

차츰 애냥이는 내가 집에 가려 하면 꼬리를 세우고 따라오기 시작했다. 차에 치일까 봐 어쩔 수 없이 이름을 부르며 내가 되돌아간 적이 한두 번이 아니다. 고양이는 영역을 중요시하는 동물이기에 자기가 집이라고 생각하는 곳에서 쉽게 벗어나지 않는다. 그럼에도 불구하고 내 발걸음이 빨라질수록 애냥이의 발걸음도 빨라졌다. 결국 자기 영역의 마지노선에 다다라서야 애냥인 발이 묶인 듯

멈춰 서서 내가 안 보일 때까지 꼼짝 않고 바라보곤 했다.

비가 쏟아지던 어느 날에는 여러 번 찾아가 밥을 준 내게 두 발로 꼬옥 잡은 뭔가를 내밀었는데, 이렇게 적혀 있었다.

"하나로 TURBO, ROK MARIN."

잠수함과 닻, 빨간 모자와 군번줄까지 그려진 고장 난 빨간 라이터. 도대체 내게 이걸 왜 줬을까? 고양이의 보은. 은혜 갚는 고양이에 대해서는 알고 있었다. 고마운 마음에 주로 쥐나 새, 때로 꽃이나 나무 열매를, 드물게 밥 주는 사람이 자주 하고 다니는 것과 같은 머리끈까지 물어다 주는 길고양이도 있었다. 하지만 라이터를 선물한 길고양이는 드물었는데 해병대 남자를 만나라는 뜻일까. 아님 빨간 통이라 장난감처럼 예뻐 보여서 준 것일까? 비를 피하던 창고문 아래로 살짝 나온 두 솜방망이… 앞발로 고이 모아 라이터를 내밀던 애냥이를 보며 내 고민은 더 깊어졌다.

애냥이의 주인

길고양이라기엔 지나치게 개냥이었다. 어딘가에 주인

이 있지 않을까? 아니면 누군가 데리고 이사를 가면 좋겠다. 나는 자연스레 그런 바람을 가졌다.

첫 번째 희망은 애냥이가 주로 머물던 주차장 옆 한옥이었다. 매일 가던 시간보다 조금 늦은 날, 어느 한옥 앞에 애냥이가 쪼그리고 앉아 뭔가 먹고 있어서 보니 작은 플라스틱 그릇과 사료가 있었기 때문이다. 여기가 집이구나. 나는 안심했다. 사료가 아니라 캔을 샀던 이유도 여기에 있다. 사 둔 캔 한 박스, 24개를 다 쓰고 나면 그만 가야지. 마음을 편히 먹을 수 있었다.

하지만 알고 보니, 한옥의 집주인께선 키우던 개의 사료를 이사 가기 전까지만 잠시 나눠 준 거였다. 그러니까 애냥이가 먹던 사료는 고양이 사료가 아니라 개 사료였다. 개 사료는 고양이 사료와 맛뿐 아니라 성분도 달라서 고양이가 오랫동안 개 사료만 먹을 경우 건강에 문제가 생길 수 있다. 특히 타우린 성분이 없는 사료는 고양이의 시력이나 심장에 이상을 가져올 수 있다.

그 사실을 안 다음 날, 애냥이가 주로 머물던 주차장 뒤 빌라의 아저씨가 주인 있는 고양이라고 하셔서 나는 또다시 마음을 놓았다. 아저씨는 강조했다.

“우리 이웃집 할머니가 키운 지 벌써 6년이 넘었고, 고양이 집도 크게 따로 있어. 배고프면 그 집 앞에 와서 우니 밥을 안 줘도 되고, 함부로 데려가면 안 돼.”

주인이 있어 진심으로 다행이었다. 하지만 아무리 봐도 잘 먹는 고양이치고는 말라 보여서 나는 사료가 다 떨어질 때까지만 계속 가기로 했다. 이 즈음에는 이미 밥을 먹는 애냥이의 배가 꿈틀꿈틀할 정도였기에 아기를 무사히 낳을 때까지만 지켜 주자는 마음이었다. 아저씨를 만나 주인이 있는 고양이라는 사실을 알고 3일 뒤, 애냥이는 갑작스레 사라졌다.

나는 매일 애냥이가 있던 주차장 근처를 헤맸지만 만날 수 없었다. 아기를 낳을 때가 돼서 주인이 집안으로 데려간 걸까? 그럼 다행이지만… 나는 여전히 애냥이를 위한 밥그릇에 사료와 물을 채웠다. 매일 먹은 흔적이 있던 밥은 며칠이 지나자 입을 댄 자국 없이 그대로 남겨져 있었고 5일째 되던 날부터는 처음 보는 커다란 회색 남자 고양이가 그 자리에 나타났다. 그즈음 다시 마주친 빌라 아저씨가 애냥이가 아기들을 무사히 낳았으며 주인이 챙겨 주는 밥을 먹으며 잘 지낸다고 하기에 나는 밥 주기를 멈추었다.

그 뒤로 나는 길 가다 배고픈 고양이를 만나면 주려고 남은 사료를 조금씩 가지고 다니는 습관이 생겼다. 그러고도 애냥이가 보고 싶어 이따금 산책길에 재개발 지역에 들르던 4월 중순, 이제는 익숙한 골목길에서 어린 고양이가 다가오는 모습이 보였다. 사료를 주려고 부르자 반갑다는 듯 울면서 달려와 내게 몸을 비비는 그 고양이는 다름 아닌 애냥이었다. 20일 만에 완전히 다른 고양이로 보일 만큼 바싹 마른 상태로 먹이를 찾아 헤매던 애냥인, 아무리 젖을 먹이느라 힘들었다 해도 주인이 밥을 주는 고양이로는 보이지가 않았다. 우리는 뛸 듯이 반가워하며 다시금 하루에 두 번씩 만나기 시작했다. 한참 뒤에 다시 마주친 빌라 아저씨에게 애냥이의 주인에 대해 물었을 때, 아저씨는 슬그머니 말을 바꾸었다.

"주인이 없는 고양이야. 예전에는 있었는데 할머니가 아파서 병원에 입원한 지 좀 됐어. 아마 다시 돌아오기 힘들 거야."

그럼 왜 주인이 돌보는 고양이라며 내게 밥을 주지 말고 데려가지도 말라고 하셨는지 물었지만 아저씨는 어물

쩍 대답을 피했다.

다시 나타난 애냥이를 데려가서 키우려 한 할머니도 계셨다. 애냥이를 '나비'라고 부르던 박 할머니였다. 할머니는 빌라의 건너편 한옥에 살다 얼마 전 이사를 간 주민과 자매처럼 지내던 이웃사촌이셨다. 그 동생이 애냥이를 참 예뻐했다며, 홀로 남은 애냥이가 불쌍해 데려가 키우려 했지만, 순순히 품에 안겼던 애냥이가 골목을 벗어나자 심하게 버둥거려 어쩔 수 없이 바닥에 내려 줬다고 말씀하셨다. 나는 아기들이 있기 때문에 안 가려 했을 거라고, 엄마가 없으면 살아남을 수 없으니 아이들이 클 때까지는 데려가지 말아 달라고 부탁드렸다.

사연 많은 동네 고양이

돌봐 주시던 할머니가 병원에 입원한 뒤로 애냥이는 도대체 어떻게 살아왔을까? 빌라가 보이는 건물에서 20년을 살았던 김 남매의 이야기로 나의 물음표에는 마침표가 찍혔다.

"우리는 둥이라고 부르는데, 적어도 여덟 살은 됐을 거예요. 제가 초등학교 고학년일 때 집앞에서 찍은 사진에도 둥이가 있거든요. 근처에서 식당 할머니가 키우면서 사시던 빌라 뒤에 집도 만들어 주고 아기들도 받아 주고 하셨어요. 저를 불러서 보여 주기도 하셨거든요. 할머니가 부르면 둥이가 따라가고 그랬는데, 언젠가부터 할머니가 안 보이시더니, 우리 집 화분에 아가를 낳더라고요. 처음에 두 마리를 낳아서 우리가 밥도 주고 예뻐했더니, 그 다음에 다른 곳에서 낳은 아기도 우리집으로 데려왔어요. 요즘은 가끔 와서 자기 애들 먹으라고 우리가 준 밥만 뺏어 먹고 가요."

김 남매는 애냥이가 낳은 아이들을 살뜰히 보살피고 있었다. 그러니까 애냥이는 할머니가 아파서 병원에 가신 뒤로 아기를 두 번 넘게 낳을 동안, 김 남매와 한옥집 주인들, 박 할머니와 같은 골목 사람들의 도움으로 살아온 동네 고양이이기도 했다.

떠나는 사람들, 남겨진 길고양이

나를 만난 뒤 애냥이가 처음 낳은 아가냥은 모두 다섯. 고등어 줄무늬 둘, 치즈색 하나, 젖소 무늬 하나, 자기를 똑 닮은 삼색이 하나였다. 적어도 여덟 살, 사람으로 치면 쉰에 접어드는 나이였지만 애냥이는 지친 얼굴로나마 다섯 아가의 육아를 똑부러지게 해냈고 곧 몸집이 커진 줄무늬냥 하나와 치즈냥을 어디론가 독립시켰다. 그 뒤로 주변에서 본 적이 없으니 재개발 지역이 아닌 어딘가 안전한 곳으로 데려다 놓지 않았을까. 그러기를 바란다.

그해 4월 말로 예정된 철거 기한이 5월 말로 미뤄지고 또다시 가을로 미뤄지며 박 할머니와 내가 함께 애냥이와 아가냥들을 돌보는 사이, 안타깝게도 애냥이는 완전히 주인이 없는 고양이가 되고 말았다. 그사이에 애냥이의 할머니가 병원에서 돌아가셨기 때문이다.

빨간 글씨로 철거 예정 표시가 쓰여진 빈집들이 늘어나고 있었다.

골목골목의 작은 집들은 소리소문도 없이 떠났다. 나날이 조용해지는 골목에서 애냥이의 삼둥이는 부쩍부쩍 자랐고, 빌라 아저씨는 아가들이 귀엽다며 근처의 단독주택으로 가니 아가냥 중 하나를 데려가 키울까 하시며, 개천의 모래를 퍼서 화장실도 만들어 주고 사료도 주고 싶다며 달라셔서 사 드렸지만 그 사료를 받고 얼마 지나지 않아 말없이 떠나 버렸다. 언제 이사를 가시느냐고 묻는 내 말에 아직 멀었다고 대답한 다음 날, 아저씨네 집은 창문이 다 열린 채로 안이 텅 비어 있었다.

이별만 겪은 건 아니다. 애냥이와 삼둥이, 우리는 그 골목에서 앞으로 함께할 새로운 사람들도 많이 만났다.

박 할머니를 시작으로, 김 남매, 달 씨, 영 언니, 은 언니 등 나와 함께 길냥이사랑단을 만든 대부분의 사람들을 이어준 인연이 바로 애냥이와 삼둥이였다. 모두 내가 애냥이 가족에게 밥을 주는 모습을 지켜보다 말을 걸었고, 우리는 이 재개발 지역에 남겨진 길고양이들을 하나라도 더 살리기 위해 애써 보기로 뜻을 모았다. 각자가 돌보던 길고양이들을 우리의 고양이로 함께 챙기기 시작하면서, 나는 애냥이의 또 다른 모습을 볼 수 있었다.

대배우로 거듭나다

가방에서 늘 닭가슴살이 끝없이 나오던, 우리 길냥이사랑단의 공식 닭가슴살 여신인 달 씨는 물론, 은 언니에게서도 '지나가다 보니 애냥이가 배고파 보여 닭가슴살을 잔뜩 주었다'거나 혹은 '너무 기운 없이 앉아 있던데 어디가 아픈 거 아니냐'는 톡이 한동안 올라왔다. 그러다 우리는 알았다. 거의 항상 누군가 이미 애냥이를 배불리 먹인 다음이라는 사실을. 애냥이는 불쌍한 표정과 몸짓을 하고 있으면 우리가 맛있는 걸 주리라는 사실을 너무나도 잘 알고 있었다.

애냥이는 타고난 대배우였다!

그래서 나중에 재개발 조합에서 불쌍한 고양이가 있다며 애냥이 사진을 보내 왔을 때, 우리는 웃음이 빵 터지고 말았다. 은 언니께서 닭가슴살을 엄청 먹이고 간 바로 다음에 찍힌 사진이었기 때문이다.

이 구역 최고의 대배우 애냥이!

매력덩어리 애냥이의 본모습을 나는 그제야 알았다. 애냥이가 다른 고양이들과 미친 듯이 싸우면서도 사람에게는 개냥이가 된 이유와 다시금 대배우로 거듭난 까닭을. 이 모두는 하루하루가 힘겨운 버팀의 연속인 길생활에서 살아남기 위한, 아가들을 지키기 위한 나이 든 엄마냥의 안간힘이었음을….

재개발을 위한 철거는 그해 가을에서 겨울, 그 이듬해 봄으로 계속 미뤄졌다. 한 골목 한 골목 비어 가던 그곳에 남았던 애냥이는 2019년의 어느 따스한 봄날, 충북의 고향으로 내려가시는 박 할머니의 품에 안겼다. 중성화 수술 뒤 풀어 준 다음 날에도 우리가 부르자 다가와 제 몸을 비비던 이 구역 최고의 개냥이 애냥은, 이제 널찍하고 안전한 단독주택에서 박 할머니께만 애교를 부리는 집냥이로 편안한 나날을 보내고 있다.

2

쁘니 : 밀당의 고수

profile

이름 : 쁘니

별명 : 밀당의 고수

성별 : ♀

현재 나이 : 4세

매력포인트 : 삶의 카리스마. 반전 쩍벌 발라당.

지붕냥 대가족을 만나다

"하악-!"

"야옹~!"

"하악-!"

"야옹, 야옹~!"

날 보면 부리나케 달아난다.

골목 어귀까지 나와 기다리고 있었으면서.

반가운 마음에 한 걸음 다가가면 입을 사납게 벌리고 하악거린다.

그래서 한 걸음 물러서면 이번에는 가지 말라며 애타게 야옹거린다.

고양이의 하악질은 상대를 위협하거나 공격하겠다는 뜻이지만, 때로는 무서우니 더 다가오지 말라는 두려움도 담고 있다.

앞으로 두 걸음, 뒤로 한 걸음.

하악질과 야옹질의 무한 반복 속에서 이루어지는 도시락 배달.

'배는 고프지만 밥자리로 가까이 오지는 마!'

'그럼 네가 멀리서 기다리면 되잖아!'

'날더러 어쩌라는 거냥.'

분명히 처음에는 하악질쟁이가 아니었다.

쁘니는 지붕이나 계단에서 얼굴만 쏙 내밀고 조용히 입맛을 다시거나, 한두 번 울곤 숨었다 내가 멀어지면 내려와서 밥을 먹곤 했다. 쁘니가 밀당이라는 어처구니없는 수작을 걸어 온 건, 나와 조금 친해지면서부터다.

하늘을 날아다니는 대가족

쁘니는 아기를 낳으러 사라진 애냥이를 찾다 마주친, 고등어 무늬가 섞인 삼색의 임신냥이었다.

애냥이와 한 골목 사이인 이웃이지만 쁘니가 살던 곳

은 차 한 대도 겨우 지날 정도로 좁은 골목이었다. 큰 이차선 도로에다 주차장까지 있고 4차선보다 넓게 뻥 뚫린 골목에 살던 애냥이와는 골목도 냥이의 분위기도 완전히 달랐다.

뻐니에겐 애냥과는 또 다른 생존법이 있었으니 바로 하늘을 나는 능력이었다.

뻐니는 지붕냥이였다. 마당이 없는 1층 집의 옥상에 살며 오밀조밀 붙은 한옥 지붕 위를 날아다녔다. 처음 내 눈에 띈 곳도 옥상에 붙은 철제 계단 위였다. 고등어 무늬 털로 반 가르마를 탄 예쁜 얼굴이 너무나 앳되었는데 배는 불룩한 임신냥이라서 이 길고양이도 아기를 잘 낳을 수 있게 도와줘야겠다 마음먹었다.

뻐니는 입이 하얀 치즈냥 남자친구와 줄무늬냥 친구와 함께 살았고 곧 아가들까지 세 마리 태어나 가끔 옆 골목에서 놀러 오는 까망이 친구까지 더하면 일곱 마리의 대가족이었다. 죄다 지붕냥으로 밥을 먹거나 화장실을 갈 때 말고는 지붕에서 거의 안 내려왔다.

나는 뻐니네를 대가족이라 부르기 시작했다.

지켜보고 있다

대부분은 대가족네에 먼저 들르지만 가끔은 아무도 안 보여 애냥이네에 먼저 밥을 주는 날도 있었다. 그러자 한 번은 어디선가 아가냥이 우는 소리가 났다. 애냥이도 아가들도 나도 어리둥절해서 소리를 찾아 이리저리 고개를 돌리다 보니, 대가족네 아가냥이 지붕을 타고 넘어와 한옥 담벼락 위에서 나를 보며 서럽게 울고 있었다. 왜 얘네들을 먼저 주느냐는 뚜렷한 항의(?)의 표시였다.

그 뒤론 대가족네에 항상 먼저 들렀다. 분명히 아무도 눈에 안 띄었는데, 밥을 채우고 돌아서면 지붕 위 여기저기서 대가족이 나를 내려다보는 날도 많았다.

진정한 밀당이란

소싯적에 밀당 좀 해 본 사람이라면 알리라.

진정한 밀당이란 파란불에 무조건 직진이다.

아가들이 태어나고도 한동안 하악질과 야옹질을 번갈아 밀당을 이어 가던 쁘니는 어느 순간 하악질은 물론 야옹질도 그만두었다.

밀기 안녕, 당기기 올인!

스스럼없이 다가와 무한 부비부비는 물론, 캔과 닭가슴살과 사료를 섞어 비빔밥을 만드는 탁자에 뛰어올라 내게 등까지 보이곤 챱챱챱 맛나게 먹었다.

쁘니와의 달콤살벌한 밀당을 통해 나는 깨달았다. 고양이의 하악질은 시간이 지나 상대에 대한 신뢰가 쌓이면 자연스레 사라진다.

하지만 나는 쁘니가 아무리 부비부비를 하고 등을 들이대도 애냥이처럼 쓰다듬진 못했다. 면역력이 낮아 자칫하면 응급실로 가야 한다는 이유도 있지만 그보다는 내 손길에 익숙해지면 다른 사람에 대한 경계심까지 무너져 길고양이가 학대를 당할 위험이 높아진다는 사실을 알게 됐기 때문이다. 그래도 쁘니와의 우정엔 문제가 없었다.

살리기 위해서

이제 대가족 역시 내게 소중해졌다. 재개발 지역의 한가운데에 자리잡은 지붕냥 대가족을 어쩌면 좋을까.

이 재개발 구역은 주변으로 다른 주택가는 물론, 개천과도 한쪽이 맞닿아 있어 밥자리 이동을 통한 길고양이들의 자발적 이동이 최선의 방법이었다. 우리 길냥이사랑단은 재개발 지역 안에 남은 길고양이들의 위치를 지도로 만들어 함께 돌보며 서서히 밥자리를 바깥쪽으로 옮겨 냥이들이 조금씩 재개발 지역 밖으로 나오게 이동시키고 있었는데, 대가족은 아무리 밥자릴 옮겨도 심지어 며칠 동안 밥을 안 줘도 꿈쩍도 안 했다. 다른 곳에 와서 밥만 먹고 다시 한가운데의 골목으로 돌아가던 지붕냥들. 대가족의 입장에서 보면 당연한 일이었다. 그곳이 자신들의 집이었으니까.

어쩔 수 없이 우리는 대가족을 이주시키기로 했다. 그 자리에 그냥 두면 재개발이 뭔지 모르니 이리저리 헤매다 무너지는 건물에 깔려 죽거나 크게 다칠 가능성이 있었다. 포획틀로 구조해서 예방 접종과 중성화 수술을 해 완전히 다른 장소로 보내는 방법이 논의됐다. 살던 곳에서 가까운 주택가나 개천 쪽에 풀어 주면 다시 제자리로 돌아올 가능성이 크기 때문이다. 실제로 대가족의 친구 까망이는 우연히 묘연을 맺은 분이 우리가 모르는 사이에 데려가 꽤 떨어진 곳에서 키우셨는데, 창문으로 탈출해 8차선 도로까지 건너 원래의 자리로 돌아오기도 했다.

낯선 환경에 아무렇게나 데려다 놓는다면 영역 동물

인 길고양이가 살아남기 힘들기에, 우리는 대가족을 돌봐 줄 곳을 찾기 시작했다. 여러 단체의 거절 끝에 한 명문대학교의 동아리들에서 마음을 열어 주었다. 동아리 중 하나에서 길고양이들에게 밥 주는 자원 봉사를 꾸준히 하던 김 남매 중 둘째 소담이의 역할이 컸다. 하지만 이미 그곳에 있던 길고양이들의 안전과 평화도 중요하기에 대가족 일곱 마리를 다 보내기는 어려웠다. 대가족이 다른 길고양이들을 모조리 쫓아내고 그 자리를 차지할 수도 있었기 때문이다.

남자 고양이들은 철거가 시작돼 시끄러워지고 먹이가 사라지면 스스로 이동할 가능성이 크기에, 우선 구조 대상은 쁘니와 아가들이었다. 엄마냥은 아이들까지 다 데려갈 새로운 장소를 찾기가 어려워 가장 늦게까지 남는다. 그러다 갑작스레 머리 위로 건물이 무너지면 아가들 옆에서 함께 깔려 서서히 고통스럽게 죽어 간다. 재개발 지역에서 실제로 일어나는 일이다.

쁘니는 그 사이에 셋이던 아가 중 하나를 독립시켜 둘을 남겼고, 우리의 1차 목표는 쁘니와 두 아이였다. 애냥이네에 와서 항의했던 쁘니를 꼭 닮은 삼색이와 쁘니가 하루 차이를 두고 잡혔고, 더 이상은 대가족 중 누구도 포획틀에 들어오지 않았다. 그 무렵에 이미 부쩍 자란 나머지 어린 냥 하나는 남자였기에 좀 더 자라 스스로 이곳을 떠날 가능성이 일단 남아 있었다.

재개발 지역의 원거리 이주법

재개발 지역은 다른 일반 지역과 다르다. 수백 개의 건물이 무너지고 사라지며 외부와 차단된 채 수년에 걸친 공사가 진행된다. 그렇기에 그곳에 남은 길고양이들이 살아남기란 사실상 어렵다. 따라서 길고양이들이 스스로 그 지역에서 모두 나오게 하는 게 최선이다. 그러나 주변이 큰 도로와 맞닿은 재개발 지역의 길고양이들이나, 쁘니네처럼 영역 의식이 강하거나, 아이를 돌보는 엄마냥이라서 끝까지 안 나오는 길고양이에겐 다른 해결책이 필요하다. 이때는 구조해 입양처를 찾거나, 원거리 이주를 보내거나, 공사가 끝날 때까지 머물 임시 보호소를 만들어야 한다. 정부나 지자체 차원에서 아직 뚜렷한 매뉴얼이나 대책이 없기에 재개발 지역의 주변 환경과 각자 다른 길고양이들의 성격을 고려해 돌보던 사람들이 신중하게 선택해야 한다.

우리가 뻐니와 꼬미를 위해 시도한 원거리 이주의 경우, 낯선 곳에 바로 풀어 주면 자기 집이 아니라고 생각해서 길을 헤매다 사고를 당하거나 기존 냥이들의 텃세에 밀려 살아남지 못할 위험이 있었다. 그래서 원거리 이주의 경우에는 잘 돌봄을 받는 밥자리 주변을 확보해야 한다. 바깥 환경을 볼 수 있고 냄새도 맡을 수 있는 곳에서 기존 냥이들과 얼굴을 익히는 적응 기간을 충분히 두고 풀어 주는 게 좋다. 이용한 작가님과 한국고양이보호협회에서 지은 『공존을 위한 길고양이 안내서』도 재개발 지역 길고양이 이주 방사 시 되도록 가족이나 친구냥들을 함께 최소 한 달 이상을 머물게 한 다음 서서히 문을 열어 주라고 설명한다.

좀 더 오랜 기간 동안 크고 넓은 보호장을 설치해 적응시키면 좋았겠지만, 대학 동아리 학생들과 논의해 눈에 덜 띄는 크기의 보호장에서 냥이들이 스트레스를 덜 받도록 되도록 짧은 보호 기간으로 진행했다.

다른 재개발 지역의 경우 지방으로 여러 마리를 이주시키는 과정에서 큰 보호장을 마련했다가 불법 설치물로 신고를 당해 철거되고 그 안에 있던 길고양이들이 모두

붙잡혀 간 사례도 있었다.

우리는 애냥이네에 항의하러 왔던 여자 삼색이 아가냥에게 (쪼)꼬미라는 이름을 붙였다. 꼬미는 대학 동아리가 돌보는 밥자리 근처 보호장에서 엄마 (이)쁘니와 함께 2박 3일 동안 머물다 풀려났다.

삶이 되다

높다란 담벼락을 타고 올라가 우리를 내려다보다 사라진 꼬미와 쁘니. 엄마와 딸은 일주일이 넘게 각자 이따금 나타나 사람들의 눈을 피해 밥자리 근처에 숨었다가 후다닥 밥만 먹고 갔지만, 차츰 시간이 지나자 둘이 함께 나타나며 좀 더 오래 머물기 시작했다. 지금은 원래 있던 길고양이들과도 잘 어울리며 3년째 아주 건강하게 지내고 있다.

둘은 꼭 붙어다닌다. 때로 꼬미가 혼자인 듯 보여도 다른 고양이가 괴롭히거나 다가서면 어디선가 쁘니가 나타나 지켜 준다.

"고양이는 자라면 금세 독립하기 때문에 생물학적으로 둘은 어차피 곧 떨어져 살아가게 돼 있으니 함께 보내는 의미가 없습니다."

뻔니와 꼬미의 중성화를 맡아 주신 동물병원 원장님께선 이렇게 말씀하셨다. 하지만 우리는 중성화 수술이 된 엄마냥이 마지막으로 낳은 아가들을 끝까지 돌보는 모습을 여러 번 보았다. 중성화가 된 어린 냥 역시 독립하는 대신 엄마 곁에 계속 머무는 경우를 보았기에 희망을 가졌다. 특히 뻔니를 가장 오랫동안 지켜본 나는 뻔니가 꼬미를 끝까지 챙길 거라 믿었는데 뻔니는 내 기대 이상으로 오늘까지도 든든하게 엄마 노릇을 해내고 있다.

뻔니와 꼬미는 이제 밥자리 앞의 길 한가운데에 드러누워 뒹굴거릴 정도로 제집처럼 편안하게 자리를 잡았다. 지붕을 날아다니던 고양이들이 실은 바닥을 이리도 사랑했다니. 지붕냥이 된 이유가 지붕을 좋아해서가 아니라 살기 위해 어쩔 수 없이 선택한 길이었음이 느껴져, 바닥냥이 된 뻔니와 꼬미의 모습을 볼 때면 나는 늘 가슴이 뭉클하다.

밀당의 고수이던 과거를 버리고 애냥이에 버금가는 개냥이로 거듭난 뻔니. 소담이와 동아리 학생들의 애정 어린 돌봄 속에 건강하게 살이 쪄 이제는 그 대학교의 삶이라 불리며 여유로운 나날을 보내고 있다.

어린 길고양이의 6개월 생존율은 50퍼센트가 채 안 된다.

1년 생존율도 25퍼센트 남짓…

네 마리 중 한 마리가 겨우 살아남는다.

3

동글 : 이유 있는 대식가

profile

이름 : 동글

별명 : 이유 있는 대식가

성별 : ♀

현재 나이 : 적어도 5세

매력포인트 : 캥거루 같은 배주머니. 양 울음소리.
무한 부비부비.

아기 주머니를 찬 냥아치를 이해해

앉은 자리에서 닭가슴살 5개는 기본, 때론 7개까지 뚝딱!

캔을 따는 내게 서두르라며 냥냥펀치를 날리고,

캔을 연이어 2개나 먹고도 끝없이 더 달라 울어 대는 삼색냥.

한 번에 이만큼 많이 먹는 다른 길고양이를 지금까지 나는 본 적이 없다.

미워할 수 없는 냥아치

그래도 나는 이 냥아치를 미워할 수가 없다.

대식가가 된 이유를 헤아리기에.

2018년 겨울. 동물자유연대의 지원을 받아 재개발 지역의 길고양이에 대한 중성화를 진행하다 마주친 동글이는 배가 땅에 닿을 듯이 무거운 임신냥이었다.

이 정도로 배가 부른 고양이에게 중성화 수술을 해야 할까? 동글이는 자신을 발견한 나와 은 언니를 고민에 빠지게 만들었다. 사실 은 언니는 처음에 길냥이사랑단에 들어오실 때 길고양이 중성화를 반대한다는 입장을 분명하게 밝혔던 분이셨다. 그냥 두어도 굶어서, 학대 당해서, 차 사고로 죽는 길고양이가 많아 숫자가 줄어들고 있다는 판단이셨다. 특히 임신냥의 경우는 '생명의 탄생'이라는 신의 영역으로 끼어들어 뱃속 아가냥들을 죽이는 짓이라는 이유도 있었다. 더구나 젖먹이 아가냥을 둔 엄마냥을 중성화한다고 무차별적으로 잡아가 버려 그사이에 굶어 죽는 아가냥들도 많았다. 우리 인간에게 이럴 권리가 없다는 말은 부인할 수 없는, 부끄러운 사실이다. 그러나 곧 무너질 재개발 지역의 길고양이들을 살리기 위한 방법으로서의 중성화에는 결국 동의하셨고, 우리는 대신 배가 부른 임신냥과 수유 중인 엄마냥은 잡혀도 풀어 주자는 원칙을 세웠다.

철거가 그 이듬해 봄으로 미뤄졌기에 아직 우리에겐 세 달 정도가 남은 상태였다. 중성화가 안 된 길고양이는 아가들을 낳은 지 두세 달이 지나면 독립시키는 경우가 많다. 새로 임신을 하기에 다음에 태어날 아가들을 키우기 위해서다. 그러니 이 삼색냥의 아가냥들이 조금 자라서 독립할 정도의 시간은 그나마 남은 셈이었다. 운 좋게 살아남는다면 말이다.

어린 길고양이의 6개월 생존율은 50퍼센트가 채 안 된다. 1년 생존율도 25퍼센트 남짓… 네 마리 중 한 마리가 겨우 살아남는다. 추운 겨울에 태어난 아가냥들의 생존율은 그에 훨씬 못 미친다. 우리는 조금이라도 도움이 되기를 바라며 얼굴도 동그랗고 몸도 동그란 삼색냥을 위해 이 길고양이가 나타난 건물 옆 빈집에 밥을 주기 시작했다.

동글, 혼자가 되다

그동안 밥자리의 사료는 잘 비워졌지만 그 삼색냥을 다시 보기는 어려웠다. 겨울이 지나고 봄이 와 다시 마주쳤을 때 이상하게도 삼색냥의 동그란 얼굴과 몸매는 그대로였다. 석달 전에 봤을 때, 분명히 곧 아가들을 낳을 배였기에 다시 임신을 한 건가 싶을 정도였다. 하지만 아니었다. 삼색냥의 왼쪽 귀끝은 중성화가 됐다는 의미로 1cm 가량 잘려 있었다. 우리가 사료를 주고 뒤로 물러서면 바로 다가와서 맛나게 먹던 처음과 달리 이제는 밥자리 위 빈집 지붕에서 얼굴만 빼꼼 내밀어 쳐다볼 뿐, 사람이 아주 멀어지기 전까지 안 내려올 정도로 경계심도 심해져 있었다.

나중에 알아 보니, 그 재개발 지역에 사셨던 다른 분이 우리와 비슷한 시기에 사비를 들여 중성화를 진행하고 계셨다. 분명 우리가 중성화한 길고양이들이 아님에도 불구하고 귀 컷팅이 된 길냥이들이 늘어서 이상하다 싶었다. 이 삼색냥도 그분에게 잡힌 걸로 보인다. 다른 곳도 아닌 재개발 지역에서 겨울에 아가들을 낳으면 그로 인해 엄마냥까지 모두가 살아남지 못하리란 판단이었겠지만, 철거가 밀린 만큼 조금만 기다려 주셨어도 좋았을 거라는 아쉬움이 든다. 삼색냥은 두 달 동안 소중히 키워온 배 속의 아가들을 잃고 혼자가 되고 말았다, 이 막막한 재개발 지역에서.

그래도 씩씩하게 살아남으려 애쓰던 삼색냥에게 우리는 '동글'이란 이름을 붙여 주었다. 출산을 앞둔 상태에서 중성화를 당해서인지 동글이의 아랫배는 캥거루의 아기 주머니처럼 옆과 아래로 살이 볼록했다. 중성화가 된 고양이는 더 이상 임신과 출산에 영양분을 안 뺏기기에 보통은 살이 찐다. 하지만 동글이의 배는 달랐다. 뱃살이 아니라 몸 안에 아직도 아가들을 품고 있는 느낌이었다. 열심히 먹는 동글이의 행동은 단지 배가 고파서가 아니라 아가들이 머물던 배 속, 이제는 비어 버린 그곳에서 비롯된 마음의 허기를 채우기 위해서가 아니었을까.

재개발 지역을 헤쳐 나온 똑똑냥

어느새 다가온 봄. 철거가 가까워졌기에 우리는 밥자리 이동을 통해 재개발 지역 바깥으로 서서히 동글이를 이끌었다. 동글이는 우리가 밥을 주러 가면 근처에서 기다리고 있다가 조금씩 다가와 자신의 존재를 알렸다. 다른 길고양이가 나타나면 자기에게 먼저 달라며 울며 보채기도 했다.

동글이는 처음 우리와 만났던 주차장 옆 빈집에서 그 대각선 건너편 빈집으로, 다시 한 골목 건너의 건물 모퉁이에서 어느 건물 화단을 거쳐 지금의 밥자리에 이르기까지 새로운 밥자리로 네 번이나 잘 따라와 주었다. 이제는 재개발 구역 밖의 안전한 밥자리와 그 근처 건물 창고에 마련한 은신처를 오가며 배부르게 지내고 있다.

멈출 줄 아는 대식가로

감사하게도 이곳엔 동글이에게 손을 내미시는 마음씨 좋은 이웃분들이 가득하다. 가끔 참치 캔에 사료를 비벼 주시고 솜이 두둑한 겨울집까지 만들어 주신 밥자리 건너편 단독주택의 김미순 선생님과 강아지 둘을 산책시킬 때 이따금 맛난 간식을 나눠 주시는 여자 분, 이가 안 좋은 동글이를 위해 로열캐닌 베이비 사료와 핫팩을 챙겨 주는 보안요원 이종국 님도 계신다.

여러 동네 이웃 분들의 넉넉한 사랑 속에서, 동글이는 아가들을 잃은 마음의 슬픔을 달래기 위해 끝없이 먹어 대던 버릇에서 차츰 벗어나는 중이다. 요즘은 한 번에 캔 하나와 닭가슴살 하나에 사료 한 그릇을 먹으면 스스로 입을 닦고 멈출 줄 아는 동글이다.

밥자리 근처에서 기다리고 있다가 냥냥거리며 달려와 반갑다고 내 온 다리에 부비부비를 하는 동글이…. 면역력이 낮아 고양이를 키우지 못하는 내 바지는 동글이 때문에 늘 고양이털 투성이지만, 그래도 난 괜찮다. 털은 테이프로 떼면 되고 바지는 빨면 되니까. 아가들을 잃은 슬픔을 이겨 내며 우리를 믿고 똑똑하게 따라와 준 동글아. 이제는 네 삶도 동글동글 자연스럽게 흐르기를 바란다.

4

소소 : 장난꾸러기 옹알 대장

profile

이름 : 소소

별명 : 장난꾸러기 옹알 대장

성별 : ♂

현재 나이 : 3세

매력포인트 : 이마에 얹은 검은 털 가발.

짠한 표정의 폭풍 수다.

수다쟁이와 사랑에 빠지다

몸집이 큰 둘을 애냥이가 먼저 독립시킨 뒤 남은 셋. 회색 줄무늬냥과 삼색냥, 젖소무늬냥. 나는 애냥이네 삼둥이의 겉모습을 본떠서, 등에 치타처럼 무늬가 박힌 줄무늬냥은 '무늬', 애냥이를 닮은 우아한 삼색냥은 꼬리가 유난히 길어서 '꼬리'라고 불렀다. 검은 가발을 이마에 삐뚜름하게 얹은 듯한 젖소 무늬냥은 젖소를 따서 원래 붙인 이름은 '소'지만, 음메~ 우는 소와 발음이 같아 '소소'로 불렀다.

소소는 정이 넘치는 아가냥이었다. 삼둥이 중 가장 먼저 내게 다가와 부비부비한 아이가 소소였다. 버려진 실외기 위에 그릇을 놓고 비빔밥을 만들고 있으면 소소는 내 다리 사이를 바쁘게 오가며 조그만 몸을 비볐다.

내가 애냥이네 골목 어귀에 들어서면 셋 다 젤리 발로 뛰쳐나왔지만 무늬와 꼬리는 가까이 안 오고 주변만 빙빙 돌 때도, 내 옆에 붙어 발 맞추어 함께 걸은 아이도 소소였다. 나중에는 내가 한 걸음 한 걸음 내딛을 때마다 자기 머리와 온몸으로 나를 찜하며 우는 무늬에게 밀렸지만.

소소는 유난히 장난꾸러기였다. 어느 날은 이마의 가발 위에 거미줄을 온통 뒤집어 쓰고 나와선 눈치도 없이 내게 거미줄투성이 머리를 들이대는가 하면, 몸통과 뒷발에 온통 쥐약과 같은 색의 물이 들어와 놀래키기도 했다. 놀라서 바닥까지 떨어졌던 내 심장은 녀석의 편안한 얼굴 표정과 몸을 살펴보고서야 다시 제자리로 올라왔다.

겁도 없이 삼둥이의 밥자리 근처를 맴돌던 비둘기에 대한 사냥을 이끈 아이도 소소였다. 무늬나 꼬리는 그릇에 코를 박고 정신없이 비빔밥을 먹다가도 소소가 사냥 자세를 하면 소소에게 가서 함께 자리를 잡았다. 소소의 소리 신호에 맞춰 엎드린 채로 조금씩 비둘기를 포위하듯 다가서던 삼둥이. 셋 중 제일 드센 아이는 두 뒷발에만 흰 양말을 무릎까지 올려 신은 무늬였지만, 사냥할 때의 리더는 언제나 소소였다. 한 번도 비둘기를 잡지는 못했지만, 삼둥이는 함께하는 사냥 놀이 자체만으로도 신나 보였다.

시간이 흘러 동생들이 태어나자, 데리고 다니며 몸으로 놀아 주고 정성스레 핥아 준 아이도 소소다. 소소가 있기에 우리는 아가들에 대한 걱정 없이 안심하고 애냥이를 중성화시켜 2박 3일 동안 동물병원에 입원시킬 수 있었다. 애냥이가 다시 돌아갔을 때 소소와 다섯 아가들은 건강한 모습으로 나와 엄마를 반겼다.

사람들 싸움에 길고양이 등 터지다

재개발 반대 측의 소송과 버티기로 철거는 계속 미뤄졌다. 길고양이들에겐 다행이었다. 2018년 5월에서 가을로, 다시 이듬해 봄이란 이야기가 나올 무렵, 애냥이는 또 다섯 아기를 낳았다. 삼둥이는 자기들을 독립시키려고 일부러 구박하는 엄마 옆에서 셋이 똘똘 뭉쳐 밥자리를 지켰고, 결국 애냥이는 팔둥이의 엄마가 됐다. 철거가 반 년 이상 미뤄지기에 삼둥이가 자라서 재개발 지역 바깥으로 떠날 때까지 조금만 더, 조금만 더 하다가 정작 엄마 애냥이가 출산을 하고 말았다.

우리는 부랴부랴 애냥이뿐 아니라 쁘니와 다른 여자 길고양이들의 추가 임신을 막기 위해 동물자유연대에 이 재개발 지역에 대한 대규모의 중성화 지원을 신청했다. 다행히도 애냥이가 살던 빌라는 뒤로 두 골목만 넘어가면 재개발 지역 밖인 데다 작은 공원까지 있었다. 나는 삼둥이가 그리로 이사했으면 했다. 고맙게도 삼둥이는 내 바람대로 자라면서 공원으로 마실을 다니기 시작했다. 그즈음에 대학교의 동아리들과도 논의가 시작하면서, 만약 쁘니네가 안 잡히고 삼둥이를 보내게 되면 그때 중성화를 시키려고 계획하던 중이었다. 미리 포획틀에 대해 배우면 다음번에 안 잡힐 가능성이 높았기 때문이다. 하지만 인간은 길고양이들이 선택할 시간을 주지 않았다.

11월의 첫 주. 눈도 다 못 감은 채 죽어 있는 꼬리가 밥자리 옆에서 발견됐다. 애냥이와 삼둥이의 주된 활동 영역인 빌라는 그 앞에 주차장은 물론 넓은 골목이 있어 밥자리 주변으로도 차가 자주 다녔다. 더구나 꼬리에게 배변 흔적이나 아무런 외상이 없었기에 교통사고가 아닐까 하면서도 싸늘한 기분이었다. 그때는 이미 빌라가 거의 비어 있었다. 그래서 애냥이의 은신처인 빌라의 지하 창고 앞으로 밥자리를 옮겼는데, 사고가 나기 며칠 전에 몽땅 내동댕이친 사람이 있었기 때문이다. 결국 나는 박 할머니께 의논을 드려 빌라 건너편으로 다시 밥자리를 옮겼다. 한 골목이긴 해도 밥자리에 가려면 주차장과 찻길을 건너야 해서 마음에 걸렸지만, 막무가내인 사람을 자극하면 애냥이네에 나쁜 해코지라도 할까 봐 조심스러웠다.

알고 보니 그는 재개발을 끝까지 반대하던 사람이었다. 그러다 기대보다 적은 보상금만 받은 채 나가게 되자 매일 술만 마셨다고 한다. 재개발에 반대하자고 의견을 냈던 아내를 하도 때려 아내가 이혼을 요구한 채 집을 나갔다며, 같은 빌라 사람이 고개를 절레절레 흔들며 말했다.

재개발의 바람 속에서 밀려나는 사람들과 스러지는 길고양이들의 운명은 어떤 면에서는 닮았다. 하지만 그는 다른 사람에 대한 화를 자신의 아내에게 퍼부었고, 결국 아내마저 못 견디고 떠나자 자신보다 약한 길고양이들에게 화를 푼 비겁한 인간이 아니었을까. 분노의 대상이던 재개발 조합에 가서 화를 내기는커녕 한 푼이라도 더 달라며 줏대 없이 매달렸다는 말을 나중에 전해 들었다. 그와 달리 길고양이들은 왜 자기 삶의 터전을 빼앗느냐고

화를 내지도 따지지도 해코지를 하지도 않는다.

그날 꼬리를 애냥이로 착각한 내 전화를 받은 박 할머니께서 달려와 채 감지 못한 눈을 감겨 주셨다. 빌라 아저씨에게 잘 묻어 달라며 사례비까지 주셨다. 그러고 일주일도 안 지나 이번에는 무늬가 사고를 당했다. 무늬의 죽음은 빌라 아저씨와 박 할머니께 전해 듣고 알았다. 꼬리와는 달리 차 바퀴에라도 깔린 듯 입에서 피가 흐르고 끔찍했다고 한다. 박 할머니는 빌라 아저씨에게 다시금 사례비를 주고 묻어 달라 부탁했다. 그리고 내가 충격을 받을 테니 무늬의 죽음을 말하지 말라고, 남자 고양이니 스스로 어딘가로 떠났으리라 생각하게 하자고 당부하셨다고 한다. 하지만 아저씨는 나를 보자마자 무늬가 죽었다며, 얼마나 끔찍한 상태였는지, 시체를 수습하느라 본인이 얼마나 고생을 했는지 구구절절 늘어놓았다. 나는 그저 무늬의 마지막 고통이 짧았기만을 바라는 수밖에 없었다.

이상한 점은, 그 주차장은 꼬리도 무늬도 태어나서 아주 어릴 때부터 죽기 전까지 살던 영역이라 길고양이들도 그곳을 지나다니던 차들도 서로를 알아서 잘 피했다는 사실이다. 더구나 무늬의 사망 시간으로 보여지던 오전은 그곳을 오가는 차나 사람이 거의 없는 시간대였다. 박 할머니께선 몽둥이로 맞은 듯 보이기도 했다고 하셔서 처음에 나는 애냥이네를 싫어하던 그 남자를 의심했다. 빌라 아저씨의 태도도 이상하긴 마찬가지였다. 박 할머니께서도 나와 비슷한 느낌을 받으셨지만. 무늬의 죽음 역시 어떠한 목격자도 증거도 찾을 수 없었다. 이제 삼둥이 중 남은 아이는 소소 하나였다. 소소만은 꼭 살려야 했다.

사람을 피하는 소소

다정한 장난꾸러기였던 소소는 꼬리와 무늬의 연이은 죽음 뒤로 사람을 피하기 시작했다.

내가 가면 멀리서 보곤 나와서 반갑다고 바닥에 누워 뒹굴거리거나 주위에 몸을 부비부비하긴 했지만, 더 이상 내게 가까이 다가오진 않았다. 비빔밥을 만드는 동안 근처에 편안하게 드러누워 기다리다가도 내가 조금만 움직이면 벌떡 일어나 멀리 도망가곤 했다.

대학교로 대가족을 보내기로 결정하고, 애냥이네에 대한 고민이 깊어질 무렵, 소소는 애냥이가 낳은 오둥이를 하루 종일 돌봤다. 무늬와 꼬리가 있을 땐 공원으로 마실도 다니던 소소였다. 여자친구와 노느라 밥 시간에 늦어 헐레벌떡 달려오거나, 드물지만 아예 안 보인 날도 있었다. 하지만 이제 소소는 엄마와 동생들의 곁을 꼭 지켰다.

무늬가 무지개다리를 건넌 다음 날, 우리가 동물자유연대에 신청했던 이 구역 길고양이들에 대한 중성화 지원이 결정됐다. 조금만 더 빨랐더라면 얼마나 좋았을까….

우리의 첫 중성화 목표는 애냥이었다. 이듬해 봄에 철거가 들어갈 예정이니 지금 낳은 오둥이는 자라서 독립할 시간이 있었지만, 다시 또 낳는다면 애냥이와 아가들을 살릴 방법이 없었다. 애냥이 다음의 목표는 이미 태어난 지 8개월이 넘은 소소였는데, 먼저 중성화를 당한 애냥이가 어찌나 단단히 일렀는지 소소와 오둥이는 주변에서 장난을 치며 놀면서도 포획틀로는 절대로 안 들어갔다. 일주일을 기다리다 혹시나 하고 애냥이네의 은신처인 창고 안에 틀을 설치하고 평소 먹던 밥그릇에 맛난 비빔밥을 가득 담아 준 다음 날, 이게 웬일인가. 당연히 비었으리란 우리의 예상과 달리 소소가 떡하니 들어가 있었다. 어두운 창고 안, 더구나 자기집 안에 있으니 경계를 풀었나보다. 우리를 보자마자 꺼내 달라며 우렁차게 울던 녀석은 밥그릇에 수북이 담아 둔 밥을 깨끗이 비운 상태였다. 그렇게 소소가 우리 품으로 왔다.

폭풍 수다쟁이

나는 이름을 외자로 짓기를 좋아한다. 냥이나 몽이뿐 아니라 다른 인형들의 이름도 모두 외자인 이유다. 그러고 보면 재개발 구역에서 만난 수많은 길고양이들 중에 내가 외자로 이름을 붙였던 아이는 소소뿐이다. 이러려고 그랬을까? 소소만은 내가 꼭 책임지고 싶었다.

당장은 면역력이 낮아 집에서 소소를 키울 수 없는 나를 위해, 감사하게도 은 언니께서 무기한 임시 보호자로 소소를 맡아 주셨다. 은 언니의 댁에는 이미 길에서 구조한 까만 길고양이 가족에다 앞을 못 보는 줄무늬냥 투투까지 여섯 마리의 고양이가 있었다. 투투의 부모냥에게 베란다도 내어 주셔서 더 이상은 길고양이를 안 데려가기로 가족들과 단단히 약속까지 한 상황에서의 결정이셨기에, 그저 감사할 따름이었다. 내가 길냥이사랑단을 만들어 삼둥이와 애냥이를 살리려 애쓰다 꼬리와 무늬가 갑작스레 떠나 버린 그때, 만약 은 언니께서 소소를 맡아 주지 않으셨다면 나는 애냥이를 박 할머니께 맡기고 소소 하나만 어떻게든 구조한 뒤 거기서 멈췄을지도 모른다. 길냥이사랑단의 모든 분들이 그렇지만 특히 은 언니께선 그래서 내게 더할 나위 없는 귀인이자 은인이다.

그 뒤로 우리는 동물권행동 카라와 이 재개발 구역을 중심으로 두 번의 중성화를 더 진행했고, 버려지거나 아픈 채 발견된 아가냥들에 대한 구조와 입양으로 모두가 눈코 뜰 새 없이 바빴다. 꾸준한 밥자리 이동은 물론, 착한 기업 캘러스에서 지원한 나무 급식소 40개를 설치하며 재개발 지역의 길고양이들이 그곳을 나와서도 살아갈 수 있는 주변 환경을 만들기 위해 애썼다. 다행히 지역 주민들의 이해와 신뢰, 재개발 조합 측의 도움으로 공사 현장에 남은 고양이 없이 무사히 철거가 마무리됐다.

그런 가운데 재개발 구역 말고도 단원 각자의 동네 길고양이 급식소 운영과 주민인식 개선을 위한 노력도 계속되었다. 그러다 보니 몸 건강이 조금 나아질만 하면 무리해서 병원 응급실 신세를 지곤 했다. 그 탓에 아직도 소소는 은 언니 댁에 머물고 있다. 은 언니께서 원래 돌보시던 까망이 가족 중 여자인 소심이와 호야가 늘 소소 곁에서 이뻐해 주는 통에 질투에 사로잡힌 그집 아들 까미가 소소를 괴롭히는 사태가 벌어진 적도 있다. 하지만 소소는 은 언니의 따스한 보살핌과 누나냥들의 한결같은 지지로 오늘도 떡실신한 자세로 은 언니의 침대와 가장 볕이 잘 드는 창가를 오가며 제집처럼 편안히 지내고 있다.

그렇게 잘 있다가도 소소는 나만 보면 세상에 자기보다 서러운 고양이는 또 없다는 듯이 꼬질꼬질한 얼굴 표정을 지으며 갑자기 꺅꺅, 앙냥냥거리면서 내 말에 대답도 하고, 응석을 부리며 폭풍 같은 옹알이 수다를 떤다. 길고양이든 집고양이든 사람이 말을 할 때처럼 입을 오물거리며 이런 이상한 옹알이를 하는 고양이는 소소말고는 본 적이 없다. 은 언니께서도 신기해서 내가 없을 때 소소에게 대화를 여러 번 시도하다 실패했다고 한다. 오랜만에 갈수록 할 말이 많은지, 내가 앞에서 맞장구를 쳐 주면 기분 좋게 꼬리를 요리조리 탁탁 흔들기도 한다. 어떨 때는 10분도 넘게 떠들다가 어느 순간 말을 다한 건지, 말하느라 지친 건지 푹 잠들어 버린다.

조금만 기다려, 옹알 대장. 내가 조금 더 나으면 꼭 널 데려올게. 그땐 매일매일 수다 떨자, 소소야.

길고양이가 살아가는 환경에선

누군가 해코지를 하려 달려들거나 들개가 공격해오거나

갑자기 차가 나타나기도 한다.

다리 하나가 불편한 길고양이가 살아남기란 매우 어렵다.

5

살구 :
숨바꼭질 천재

profile

이름 : 살구

별명 : 숨바꼭질 천재

성별 : ♂

현재 나이 : 3세

매력포인트 : 남다른 발라당 구르기

질투쟁이를 응원해

살구는 애냥이가 마지막으로 낳은 오둥이 중 하나로, 정을 떼려고 일부러 낯설게 구는 애냥이에게 구르고 또 구르며 끝까지 달라붙던 치즈냥이었다.

엄마 껌딱지

엄마냥들은 튼튼하고 큰 아이부터 독립시키고 몸집이 작고 여린 아이를 가장 오래 데리고 다니는데, 살구는 집냥이 못지 않게 엉덩이가 토실토실하고 건강했으니 눈물겨운 노력파 아가냥이었다. 애냥이는 결국 살구만 옆에 남겼다.

창고를 떠나 빌라 뒤편, 이제는 세상을 떠난 할머니께서 만들어 주신 케이지 집으로 살구와 함께 옮긴 애냥이는 다시 좋은 엄마로 돌아왔다. 하루는 그곳에서 너덜너덜한 끈과 버려진 플라스틱 화장품 샘플통이 있어서 의아해한 적이 있다. 내 물음표는 살구가 그것들을 가지고 재미나게 노는 모습에 사라졌다. 애냥이는 구할 수 있는 최선의 장난감을 물어 나른 셈이었다.

엄마를 닮은 발라당냥

살구는 우리가 밥을 주러 가면 처음에는 화분이나 담 뒤로 숨어 멀리서 바라봤다. 하지만 애냥이가 워낙 우리에게 애교를 부리자 차츰 경계를 풀고 호기심 가득한 눈으로 가까이 다가와 밥을 먹곤 했다. 부비부비는 안 해도 나중에는 나를 보면 엄마 애냥이에게처럼 발라당을 했다. 바닥을 구르면서 조금씩 다가오는 신기술을 선보인 아이는 살구가 처음이었다. 사람을 너무 잘 따르면 해코지를 당할 위험도 커지지만, 이 녀석은 밥을 주는 우리에게만 살갑게 굴어 다행이다 싶었다.

사람들이 떠나 텅 비어 버린 빌라 주차장에서 엄마와

햇볕 바라기를 하던 아가냥 살구. 우리는 그 무렵에 잘 보이지 않던 쁘니네의 남은 가족 대신 사람을 좋아하는 애냥과 살구를 대학교로 보내기로 결정했다. 고향으로 이사를 갈 때까지도 애냥이가 갈 곳이 없으면 데려가겠다던 박 할머니께선 아직 태어난 지 1년도 안 된 살구가 집냥이로 생명을 다하는 날까지 살아계실지 자신이 없다며 엄마와 아들이 함께 지낼 수 있는 곳이 있다면 보내자고 말씀하시던 상황이었다.

애냥이와 쁘니는 한 골목을 사이에 둔 이웃이었지만 서로 각자의 영역 의식이 강했다. 더구나 이미 쁘니와 꼬미가 자리를 잡은 밥자리엔 기존의 길고양이들도 있었기 때문에, 대학교 동아리 회장과 함께 현재의 밥자리에서 훨씬 위로 올라간 산자락 평지로 애냥이네의 보호장과 새로운 밥자리를 둘 위치를 마련했다. 쁘니네를 보낼 때처럼 거기서 살구와 애냥이를 2박 3일 정도 머물게 한 뒤 내보낼 계획이었다.

사람에게 다치다

대학교로 보내기 며칠 전, 살구가 다리를 절뚝거린다

는 박 할머니와 김 남매의 제보가 들어왔다. 바로 확인하러 애냥이네 근처를 찾아다녔지만 케이지나 창고, 어디에도 살구는 없었다. 길고양이는 점프를 하다가 다리를 접질러서 잠깐씩 다리를 절뚝이는 경우가 있는데, 보통은 며칠 사이에 자연스레 낫는다. 그래도 혹시나 걱정스런 마음에 케이지 근처와 창고에 포획틀을 놓아 두었지만 살구는 흔적조차 없었다.

그 뒤로 한동안 누구의 눈에도 안 띄던 살구는 거의 한 달 뒤에야 여전히 한쪽 다리를 제대로 못 디디는 상태로 나타났다. 마치 도움을 청하듯 아픈 다리로 발라당 뒹굴거리며 다가오면서 한참을 울었다. 각도가 틀어진 다리는 얼핏 보기에도 심각한 상태였다.

일반적인 포획틀부터 시작해 드랍 트랩까지 다양하게 시도했으나 다른 단체에서 대형 뜰채를 빌려와서야 겨우 살구를 구조할 수 있었다. 동물병원에서 정밀 검사해 보니 살구의 다리는 이미 부러졌다가 뒤틀려서 다시 붙은 상태였다. 원장님께서는 조심스럽게, 이렇게 부러지는 경우는 사람이 때렸을 가능성이 높다고 얘기했다. 다시 나타난 살구를 본 순간, 내가 받았던 느낌도 같았다.

이젠 빌라가 완전히 비어서 안심했는데, 계속 밥그릇을 내동댕이쳐서 결국 길 건너편으로 밥자리를 옮기게 만들었던 그 험상궂은 남자가 어느 날 다시 나타났기 때문이다. 빌라 입구에서 마주친 그는 나를 알아보곤 길고양이에게 밥을 주지 말라며, 창고 안에 똥을 싸서 더럽다며 동네가 떠나가라 온갖 쌍욕을 내뱉았다. 하지만 그는 정작 왜 그렇게 길고양이를 싫어하느냐, 창고 안 어디서 냄새가 나느냐, 어딘지 알려 주면 우리가 깨끗하게 치우겠다는 내 물음에는 아무런 대답도 못하고 어물거렸다. 애냥이가 살던 빌라 주변에는 넓게 화단이 있었고 길고양이들은 그곳이나 공원에 가서 볼일을 본다는 사실을 알고 있었기에 그의 불만은 트집 잡기에 불과했다. 실제로 우리가 소소를 구조하러 애냥이의 은신처인 빌라 창고에 들어갔을 때, 똥은커녕 오줌 냄새나 고양이의 흔적조차 없이 깨끗했다.

무엇보다 더 이상 사는 사람이 없는 빈집에 밥을 주겠다는데, 재개발 조합에서도 괜찮다는데, 이미 소유권을 넘기고 이사도 간 사람이 왜 여기까지 다시 찾아와서 또 밥을 주면 길고양이들을 다 때려 죽여 버리겠다고 막말을 하며 내 먹살까지 잡으려고 하는지 도무지 이해가 안 갔다.

그럼에도 불구하고 어떤 해코지를 할지 몰라, 우리는 그 남자가 다시 나타난 뒤로 애냥이가 잘 알고 믿는 김 남매네 집 앞으로 밥자리를 옮기고 애냥이와 살구를 그쪽으로 불렀다.

살구가 어디서 무슨 일을 당했는지는 밝힐 수 없었지만 사람의 학대가 의심되는 이상 꼬리와 무늬의 죽음도 단순한 사고가 아니었을 수 있다는 무서운 확신이 들었다. 이제 최대한 빨리 애냥이와 살구를 구해야 했다.

엄마, 안녕.

병원에서 수술을 받았지만 살구의 다리는 완전한 회복이 불가능했다. 이런 살구를 애냥이와 함께 낯선 곳으로 보낼 수는 없었다. 아니, 이제 살구는 더 이상 길에서 살기 어려웠다. 다리가 하나 없는 고양이도 길에서 살 수 있으니 반드시 구조를 해야 하는 건 아니라고 판단하는 분들도 있다. 길고양이들이 사랑받는 터키나 모로코라면, 그 정도가 아니라도 차라리 길고양이들에게 무관심해서 해코지하는 사람이라도 없는 곳이라면 가능할 수도 있다. 하지만 잔인한 동물 학대 사건이 계속해서 일어나고, 로드킬로 죽는 길고양이의 숫자가 꾸준히 늘어나는 현실이 대한민국의 오늘이다.

길고양이가 살아가는 환경에선 누군가 해코지를 하려 달려들거나 들개가 공격해오거나 갑자기 차가 나타나기도 한다. 다리 하나가 불편한 길고양이가 살아남기란 매우 어렵다.

이번에도 은 언니께서 살구를 맡아 주기로 하셨고, 우리는 은 언니 댁으로 가는 길에 살구가 엄마와 마지막 인사를 나눌 수 있도록 애냥이에게 데려갔다. 살구를 알아보고 다가서던 애냥인 병원의 치료 과정에서 살구를 둘러싼 냄새가 바뀌어서인지 중간에 발길을 돌리더니 멀찌감치 떨어졌다. 어쩌면 살구를 데려가서 살려 달라는 뜻이 아니었을까. 엄마 껌딱지던 살구 역시 애냥이를 보고도 고개를 돌리더니 우리만 바라보며 울었다.

그날 이후, 혼자 남은 애냥이는 김 남매네 집 앞으로 완전히 자리를 옮겼다. 곧 이사를 앞두신 박 할머니께선 애냥이를 함께 데려가기로 마음먹으셨다.

은 언니 댁으로 들어간 첫날. 살구는 안 하던 하악질을 하고 매우 날카롭게 반응하면서 사람을 거부하는 모습을 보였다. 은 언니께선 한 달 정도 손길을 거부하던 소소보다도 살구가 집냥이 생활에 적응하는 데 훨씬 오래 걸릴 거라고 생각했다. 하지만 역시 살구는 엄마를 닮아 사람을 좋아하는 길고양이였다. 이틀 만에 은 언니의 품에 아가처럼 안겨서 골골거리는 녀석을 본 순간 울컥했다. 널 그렇게 아프게 한 사람이 있었는데도 다시 사람에게 마음을 열어 줘서 고마워, 살구야.

사라진 형아를 만나다

엄마와는 헤어졌지만, 은 언니 댁에는 살구의 형, 소소가 있었다. 살구는 특히나 소소를 잘 따르던 아이로 소소도 살구를 예뻐했다.

소소가 은 언니 댁에 가면서 헤어진 지 네 달. 생후 1년까지 사람의 15배나 빨리 흐르는 고양이의 시간으로 계산하면 무려 5년 가까이 떨어졌던 셈이었다. 다시 만난 형제는 어떨까. 우리는 두근두근하는 마음으로 지켜봤다.

소소와 살구, 둘 다 서로를 알아본 건 확실했다. 며칠이 지나자 소소는 살구 근처에서 고등어 인형을 가지곤 누워서 발차기를 하며 놀았다. 살구는 앞발로 소소의 머리를 톡톡 건드리며 장난을 걸었다. 하지만 빌라 화단에서 살구와 함께 뛰놀던 소소가 아니었다. 소소는 슥 머리를 들면서 살구의 손길을 피했다. 이마의 검정털 가발을 건드리니 심기가 불편해져서였을 수도 있지만.

다행히도 반 년이 지나자 소소와 살구는 다시 예전처럼 가까운 형제 사이로 돌아왔다. 특히 살구가 소소를 잘 따랐다. 소소가 들어간 스크래처 박스 옆의 박스에 자리를 잡고, 소소가 내게 옹알이를 하면 그 옆에 붙어서 자기도 잠깐 옹알이를 따라한 적도 있다.

소심한 질투쟁이

그러나 형제는 사랑 앞에서 다시금 갈라졌다.

은 언니 댁의 여자 까망냥 소심과 호야가 소소를 유난히 예뻐하는 바람에 살구의 질투심이 폭발했기 때문이다. 살구는 틈만 나면 소소의 간식을 훔쳐 먹기 시작했다.

하루가 다르게 말라가는 소소를 보며 은 언니는 냥이들마다 따로 닭가슴살이나 캔을 담아 주기 시작하셨다.

그러자 살구는 자기 걸 얼른 먹고는, 때론 자기 걸 남기고서도 소소 앞에 놓은 그릇을 보란 듯이 뺏어 먹었다. 그러면 소소는 그냥 양보한다. 이제는 아예 살구가 올 줄 알고 조금만 먹고 뒤로 물러나 비켜 주기도 한단다.

얼마 전에도 보러 가니 소소만 둘러싸고 자리 잡은 두 까망이 누나들…. 살구는 어때요? 살구가 얼굴이 좀 크긴 하지만, 아주 잘생겼고 발라당하면서 앞으로도 갈 수 있는 능력냥이랍니다!

우리 살구는요

살구는 내가 본 중 최고의 숨기 천재다. 이전에도 여러 번, 갈 때마다 살구를 못 보고 오는 경우가 있었지만 요즘은 더 찾기가 어렵다. 이날도 분명 벽난로까지 다 들여다 보고도 결국 못 보고 돌아왔다. 은 언니께 들으니 나중에 네 발이 온통 새까매져서 나타났단다. 벽난로 위로 벽을 타고 우리에겐 안 보일 정도로 올라가 숨어 있었나 보다. 다리도 불편한 녀석이 놀라울 따름이다. 그뿐 아니다. 좁은 틈, 탁자 사이 등 녀석이 감쪽같이 몸을 숨기는 장소는 한두 곳이 아니다.

사실 고양이는 모두 숨바꼭질의 대가다. 도저히 들어갈 수 없을 듯한 곳에서도 불가능해 보이는 자세로 자리 잡을 수 있기 때문이다. 어디든 머리만 통과하면 몸까지 충분히 집어넣을 수 있다. 이런 신기한 능력 때문에 길고양이들이 신경통약이나 심지어는 간질약으로까지 희생되기도 한다. 하지만 고양이의 유연함은 나비탕을 먹는다고 해서 절대로 가질 수 없다. 고양이가 유연한 건 쇄골이 작고 꼬리까지 이르는 척추뼈의 수가 사람보다 훨씬 많기 때문이다. 잘못된 미신은 제발 사라지기를 바란다.

도대체 어디에 있다 나타나는 건지 은 언니께서도 짐작조차 못할 정도로 남다른 숨기 천재 살구의 매력!

만세 자세로 다리까지 쩍 벌리고 세상 편안한 꿀잠 자세는 발라당을 넘어서는 살구의 또다른 하나의 볼매 포인트다. 한번은 의자에서 그러고 자다 쭈우욱 아래로 미끄러져 내려오면서도 잠이 안 깼다. 살구는 과연 대단한 녀석이다.

올해로 세 살이 된 소소와 살구. 사람 나이로 치면 20대 중반을 넘긴 형제는, 살구가 질투에 휩싸여 심술을 부릴 때만 아니면 예전처럼 둘이 함께 뛰어다니며 장난꾸러기 집냥이로 잘 지내고 있다. 특히 벽난로가 문제인데, 둘 다 네 발과 엉덩이까지 새까매져서 온 집을 뛰어다닌다며 은 언니께선 즐겁게 웃으신다. 다음에 가면 벽난로 속을 꼭 휴대폰으로 찍어 봐야겠다. 캄캄하니 플래시를 터뜨려야 하는데, 거기에 놀라 살구가 내 팔 위로 뛰어내리면 어떡하지? 제발 그것만은 참아 줘~. 응급실은 아니 된다~!

가족 모임을 기다리며

얼마 전, 박 할머니께서 연락을 주셨다. 아무래도 소소와 살구가 마음에 걸린다며, 혹시라도 본인이 세상을 떠나게 되면 남은 아드님에게 부담이 될까 봐 애냥이의 아들들까진 데려가지 못했는데, 본인 건강이 좋으시고 아드님도 동의하셔서 모두 마지막까지 책임질 수 있겠다고 하셨다. 아들 둘도 엄마 애냥이와 함께 키우고 싶으시다고 말이다. 너무나 따스하고 감사한 마음에 나는 할 말을 잊었다.

은 언니와 나, 박 할머니께선 애냥과 소소, 살구에게 물어보기로 했다. 일단 소소와 살구를 애냥에게 데려가 서로를 대하는 모습과 행동을 보고 판단하기로 했다. 나는 길고양이들의 미래에 큰 영향을 미치는 결정을 해야 할 때, 언제나 그 길고양이에게 직접 물어 본다. 인간인 나에게 다른 생명의 인생을 뒤흔들 자격이 없다는 생각이 들어서다. 물론 내가 알아들을 수 없는 대답인 경우가 많지만, 이번에는 직접 세 냥이가 선택할 수 있는 기회가 생겨 정말로 기쁘다. 엄마와 아들들을 함께 책임지시겠다는 박 할머니, 소소와 살구가 행복하다면 지금 이대로 계속 데리고 있으시겠다는 은 언니, 언제든 상황이 나아지면 소소와 살구를 데려오고 싶은 나. 애냥과 소소와 살구가 다시 만나 어떤 결정을 내리든 우리는 지지하고 응원할 준비가 되어 있다.

오는 봄, 소소와 살구는 우리와 함께 고향으로 내려가신 박 할머니 댁으로 엄마 애냥이를 만나러 간다.

그러니 살구야, 뺏어 먹는 음식이 더 맛있다곤 하지만, 소심하게 심술 부리지 말고 이젠 누나들이랑 형이랑 다 같이 배부르게 먹자. 안 그럼 형아를 괴롭혔다고 엄마한테 혼날지도 몰라, 애냥이가 화낼 땐 엄청 무서운 거 알지?

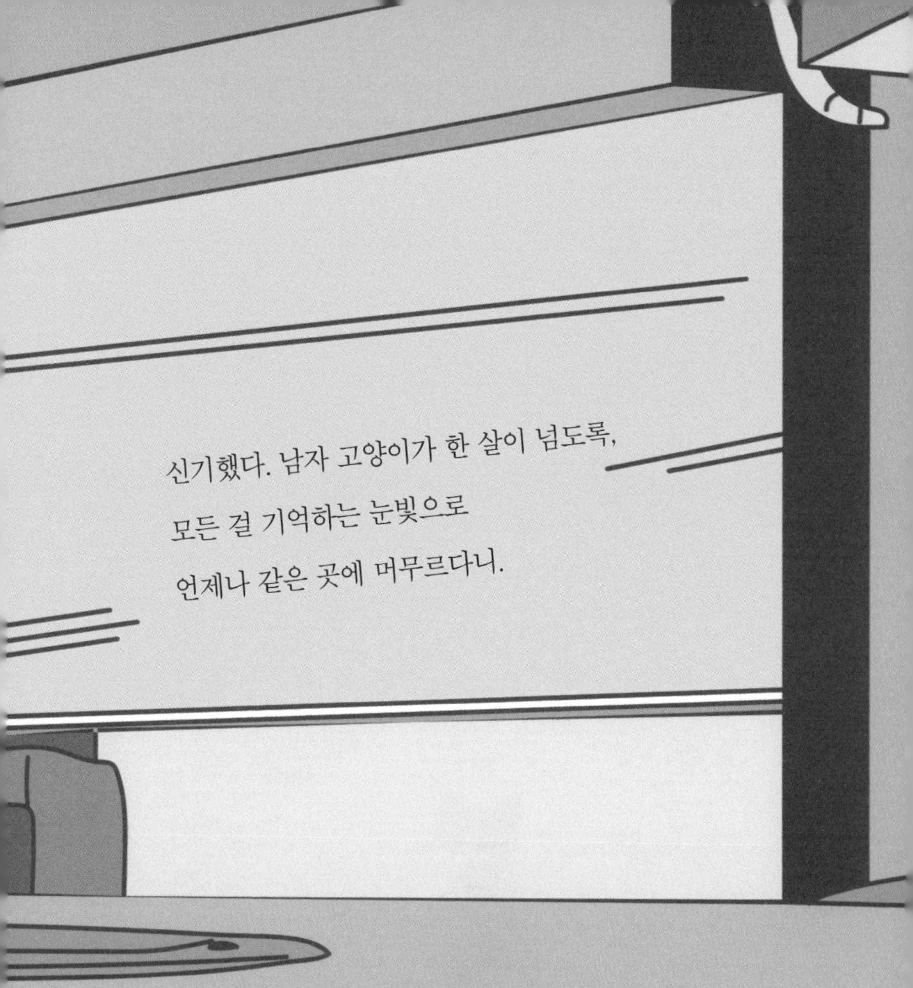

신기했다. 남자 고양이가 한 살이 넘도록,
모든 걸 기억하는 눈빛으로
언제나 같은 곳에 머무르다니.

6

요미 : 가족 바보냥

profile

이름 : 요미

별명 : 가족 바보냥

성별 : ♂

현재 나이 : 3세

매력포인트 : 일편단심 가족 바보.

일편단심냥의 행복을 꿈꾸다

대학교로 멀리 이사 간 쁘니의 남겨진 아가, 요미.

쁘니와 꼬미가 떠난 뒤 10개월 동안 요미는 엄청나게 외로워 보였다.

가족 사랑이 남다른 아가냥

몸집이 작은 동생 꼬미를 먼저 먹이고 자기는 뒤에 앉아 기다리던 요미.

꼬미가 다 먹어 버려 참치나 닭가슴살 같은 맛난 토핑이 사라진 뒤에 국물 흔적만 남은 비빔밥을 열심히 핥던 아가냥 요미.

아무리 사이가 좋아도 요미처럼 자기보다 덩치가 작은 형제나 자매에게 맛있는 밥을 늘 양보하는 아기 고양이는 거의 없다.

요미는 어릴 때부터 가족 사랑이 좀 남달랐다.

태어난 지 석 달, 사람 나이로 치면 여섯 살도 안 된 요미는 쁘니 대신 골목에 나와서 망을 보다 내가 나타나면 신나게 달려가 가족들에게 알리곤 했다. 그러고 나면 쁘니와 꼬미까지 나와 셋이서 다 같이 내 주변에서 놀거나 식빵을 구우며 기다렸고, 치즈냥 아빠나 줄무늬 이모가 어디선가 스윽 나타났다. 밥을 먹고 나면 다 같이 지붕으로 올라가 멋지게 그루밍(grooming: 털 손질)을 하던 대가족.

아이들이 더 크고 쁘니가 마실을 나간 사이에도 요미는 언제나 꼬미와 함께였다.

헤어지게 해서 미안해

요미가 한 발 뒤에서 꼬미가 배불리 먹기를 기다린다는 사실을 잘 알았기에 둘을 한꺼번에 잡고 싶었지만 구조할 때의 상황이 그렇게 되질 못했다.

요미는 꼬미가 눈앞에서 포획틀에 갇혀 우는 모습을

보고 지붕으로 도망쳤고, 다음 날엔 엄마인 쁘니까지 틀에 갇혀 우는 소리를 들었다. 내가 쁘니와 꼬미를 틀째로 데려간 뒤로 그 둘은 두 번 다시 집으로 돌아오지 않았다. 요미 입장에선 살기 위해서는 더 이상 믿지 못할 인간인 내가 주는 밥에 의지해야 했으니 얼마나 화가 나고 슬펐을까. 그래서 나는 요미를 볼 때마다 마음이 아팠다. 너도 함께 보냈어야 하는데 정말 미안해, 요미야.

남겨진 요미는 예전처럼 나를 기다렸지만 정작 나만 보면 화들짝 놀라 숨었고, 내가 아주 멀어져야 나와서 헐레벌떡 밥을 먹었다. 불안한 표정으로 계속해서 뒤를 돌아보고 살피면서.

쁘니와 꼬미가 한 달 만에 대학교의 밥자리에서 자리를 잡고 둘이 꼭 붙어 다니는 모습을 볼 때마다, 나는 남겨진 요미 때문에 마음에 돌덩이가 쌓였다. 아빠냥과 이모냥이 있었지만 함께 나타날 때도 요미의 표정은 늘 어두웠다.

"엄마랑 동생, 잘 지내고 있어. 요미도 얼른 구조돼서 같이 가서 살자."

고양이들도 알아듣는다는 믿음으로 요미에게 열심히 말했지만, 아무리 틀을 놓아도 요미는 절대로 잡히지 않았다. 포획틀에 대해 정확히 배웠기 때문이다.

넉 달 뒤, 대가족네 옥상에서 쁘니의 냄새를 묻힌 담요를 넣은 틀에 잡힌 길고양이는 요미가 아닌 이모냥이었다. 이모냥은 담요를 온몸에 감은 채 쁘니를 생각하듯 지그시 눈을 감고 있었다. 우리는 쁘니의 냄새를 기억하는 이모를 쁘니와 꼬미가 있는 대학교 밥자리로 보냈다. 하지만 다음 날 새벽에 이모냥은 개들의 습격을 받아 무지개다리를 건너고 말았다. 사람이 아니면 열 수 없는 잠금쇠 세 개가 모두 풀려 있었고, 이모냥은 길가로 내팽겨쳐진 보호장 근처에서 죽은 채 발견되었지만 CCTV에 찍힌 건 개 두 마리뿐이었다.

한참 뒤에야 키우는 개들을 대학교 안으로 데려와 목줄을 풀고 길고양이를 사냥하도록 시키는 사람이 있다는 얘기를 들을 수 있었다. 대학교 동아리 학생들은 끈질긴 추적 끝에 그 사람을 찾아냈고 다시는 안 그러겠다는 약속을 받았지만, 이모의 죽음이 그 사람 때문인지는 듣지 못했다. 차라리 바로 풀어 줄걸, 대학교로 보내지 말걸 하며 얼마나 후회했는지 모른다. 이모냥은 우리의 마음에 평생 지고 갈 슬픔으로 남았다.

그나마 의지하던 이모냥까지 사라지고 아빠냥도 어디론가 떠나 버린 뒤 홀로 남은 요미의 마음은 또 어땠을까. 상상조차 하기 미안하다.

연애를 거부하는 남자 고양이

왼쪽 콧구멍에 붙은 갈색 점이 멋진 치즈냥, 요미.

남자 고양이는 여자 고양이보다 일찍 사랑에 눈뜨고, 여자 고양이들을 따라 자기 영역을 넓히며 이동하곤 한다. 밥자리가 안정적이면 임신하고 아기를 낳고서도 엄마와 함께 사는 여자 고양이들이 있지만, 남자 고양이가 여자 고양이를 데려와 엄마 고양이와 함께 사는 경우는 드물다. 나는 남자 고양이인 요미가 사랑을 찾아 무너져 가는 재개발 지역의 한가운데에서 멀리 떠나기를 바랐다.

문제는 요미가 개천 쪽으로 나가려면 지나야 하는 골목 끝에 김 남매의 집과 애냥이가 있었다는 사실이다. 애냥이가 박 할머니 품에 안겨 이사를 가기 전까지, 요미는 아예 지붕에서 잘 내려오지도 않았다.

애냥이가 떠난 뒤에 비로소 개천으로 가는 길목의 밥자리들에서 보이고 이전 골목에서 한참을 안 보이기 시작한 요미. 하지만 알고 보니 요미는 여전히 자기 집(?)에서 살고 있었다. 요미가 나타나던 밥자리는 다른 여자 고양이들도 머무는 곳이라 사랑에라도 빠지면 곧 그 골목에서 나오겠지 생각했는데, 계속 밥만 먹고 돌아갔다. 그러고 보니 우리 길냥이사랑단의 누구도 요미가 다른 여자 고양이와 어울리는 모습을 본 사람이 없었다. 설마 남자가 아니었나? 쁘니와 꼬미가 함께였을 때 기분이 좋아 한껏 꼬리를 올리고 내 주변을 맴돌던 요미의 엉덩이에서 분명히 봤던 땅콩이 내 착각이었던가 싶을 정도였다.

그러다 배가 불룩한 요미를 봤다는 제보를 은 언니께 받았다. 아찔했다. 아기를 낳은 여자 고양이는 재개발 지역에서 보호대상 1순위다. 철거가 시작되고 주변이 시끄러워지면 혼자인 어른 고양이들은 그래도 도망칠 가능성이 높지만, 엄마냥들은 머리 위에서 건물이 무너져도 아가들을 버리고 떠날 수 없어 함께 깔려 죽어 가기 때문이다. 재개발 지역의 여자 길고양이들에게 중성화가 선택이 아니라 필수인 이유다.

우리는 요미가 잊을 만하면 다시 포획틀을 놓았지만, 요미는 우리더러 보란 듯이 틀 앞에 똥만 싸고 갔다. 그러고도 한참 뒤, 우리가 기대를 버릴 즈음에야, 서울시와 동물권행동 카라의 지원으로 벌인 재개발 지역의 길고양이에 대한 중성화 사업 때 드디어 요미가 구조됐다. 임신냥인 줄 알고 우리를 애태웠던 요미는 잡고 보니, 여자가 아니라 내 기억대로 남자가 맞았다. 요미와 비슷한 치즈냥이 요미가 새로 오가던 밥자리 근처에 나타났는데, 은 언니께서 요미와 착각하신 결과였다. 그 치즈냥인 대한이도 남자였다는 사실이 함정이지만. 중성화를 위해 잡고 보니 대한이의 불룩한 배는 다름 아닌 뱃살이었다.

요미가 남자였음을 확인하고 나니 더욱 신기했다. 쁘니와 꼬미가 떠난 지 어느덧 10개월. 남자 고양이가 한 살이 넘도록, 사랑을 찾아다니거나 여자 친구를 사귀지도 그 자리를 떠나지도 않고 모든 걸 기억하는 눈빛으로 언제나 같은 곳에 머무르다니.

뇌 과학자 질 볼트 테일러는 『나는 내가 죽었다고 생각했습니다』에서 감정을 담당하는 대뇌피질의 변연계를 다른 포유류도 모두 가지고 있다며, 변연계가 '감정의 뇌'나 '포유류의 뇌'라 불리는 이유를 설명했다. 인간처럼 말이나 글을 복잡하게 사용하지 못할 뿐이지, 고양이가 느끼는 감정은 인간과 다를 바가 없다는 과학적인 증거다.

요미는 쁘니와 꼬미를 그리워하고 기다리고 있었다.

10년 만에 만난 가족

다시 만나면, 과연 요미가 엄마와 동생을 알아볼까?

쁘니와 꼬미는 요미를 알아볼까?

"기대하지 마세요. 고양이는 다 자라면 가족이라도 각자의 인생을 삽니다."

동물병원 원장님께선 요미와 쁘니, 꼬미가 서로 알아볼 리가 없다고 말씀하셨다. 우리 길냥이사랑단의 경험이 많은 언니들도 고개를 갸웃했다. 고양이의 시간은 빨리 흐른다. 어린 고양이에겐 더 빠르다. 요미가 5~6개월, 사람 나이로 아홉에서 열 살 무렵 헤어졌고, 그 뒤의 10개월은 어린 요미에겐 사람으로 치면 거의 10년 세월이었다.

그래도 나는 믿었다. 가족에 대한 그리움이 아니라면, 남자 고양이인 요미가 거기에 그렇게 시무룩한 모습으로 여자 고양이도 안 만나고 모든 걸 기억하는 얼굴로 머물러 있을 이유가 없으니까. 내가 아는 쁘니 역시 혼자 남겨진 자식을 걱정하고 있으리라고 생각했다.

우리는 떨리는 마음으로 요미를 데리고 대학교의 밥자리로 갔다. 잠시 기다리자 쁘니가 나타났다. 신기하게도 쁘니는 바로 담요를 씌워 둔 보호장으로 다가섰다. 꼬미는 멀찍이 떨어져서 모두를 지켜보고 앉아 있었다. 나는 쁘니와 요미가 서로를 볼 수 있게 담요를 살짝 걷어 주었다. 그 바람에 놀란 쁘니는 도망갔다가도 다시 돌아오더니 담요 아래로 얼굴을 들이밀고 안을 살폈다. 낯선 곳에서 겁에 질렸던 요미는 이리저리 두리번거리다 쁘니와 얼굴이 마주쳤지만, 담요 아래로 눈부터 입까지만 보이는 쁘니를 알아보지 못하고 고개를 돌렸다. 그러자 쁘니도 고개를 뺐다. 하지만 곧바로 다시 얼굴을 넣었고, 요미가 다시 쁘니 쪽으로 고개를 돌렸을 때 비로소 둘의 눈이 제대로 마주쳤다.

"아웅!"

쁘니가 요미를 알아보는 소리를 냈고, 쁘니와 요미는 서로 뽀뽀를 하며 5초 정도 머물렀다. 그러자 낯선 장소에와 불안감이 가득하던 요미의 눈빛이 순식간에 부드러워졌다. 쁘니와 요미가 서로를 알아본 게 틀림없었다. 고양이의 입 주변엔 냄새 분비선이 있어 각자 다른 냄새를 내고, 입 천장에는 엄청난 수의 냄새 수용 기관이 있어 인간보다 15배 가까이 후각이 뛰어나기 때문이다.

우리는 그 자리에서 요미를 풀어 주었다. 이모냥의 죽음을 겪었기에 같은 실수를 또 할 수는 없었다. 꼬미도 요미를 알아본 듯했지만 앉은 자리에서 움직이진 않았다. 보호장의 문이 열리자 요미는 꼬미 앞을 지나쳐 쌩하니 쁘니와 꼬미의 은신처가 있는 방향으로 도망갔다. 꼬미는 '왜 저래?' 하는 얼굴로 꽁무니가 빠지게 뛰어 달아나는 요미의 뒷모습을 바라보았다. 이날 쁘니와 꼬미는 간식까지 먹곤 여유 있게 요미가 사라진 방향으로 돌아갔다.

이젠 다같이 행복하자

요미가 밥자리 근처에서 보이기까지는 며칠이 걸렸지만, 한 달도 안 지나 셋은 언제나 함께했다. 기분 좋게 꼬리를 세우고 다가오는 엄마냥 쁘니 뒤에 역시 신나서 꼬리를 세운 꼬미, 아직은 꼬리를 내린 요미가 한 줄로 서서 다가오고, 어딘가로 걸어가는 모습은 내 휴대폰의 저장공간이 꽉 차도 언제까지나 절대로 지울 수 없는 행복한 가족 사진이다.

가족을 다시 만난 요미는 엄마 껌딱지가 되었다. 쁘니에게 다가가 끌어안고 장난치거나 가만히 붙어서 누워 있는가 하면, 다 자랐으면서도 여전히 아기냥처럼 군다. 때로 다 큰 아들의 뒷바라지에 지칠 때면 쁘니는 귀찮다는 듯 자리를 피해 버리기도 하지만, 보통은 같이 부둥켜 안고 놀아 주고 핥아 주고, 어디를 갈 땐 요미가 따라오는지 항상 뒤를 돌아보며 살피고 부른다. 쁘니가 마실을 가고 없을 땐 예전처럼 꼬미와 요미가 함께다. 다만 그 사이에 대학교에서 잘 먹고 잘 지내 자기보다 덩치가 커져 버린 꼬미에게 이제 더 이상 요미의 양보는 없다. 맛난 간식 앞에서 투닥투닥거리는 현실 남매의 모습은 더없이 보기 좋은 풍경이다.

오랜 기다림 끝에 다시 가족을 만나 행복해진 요미. 더 건강해져 대학교 밥자리에서 삶으로 불리며 여유로운 삶을 누리는 쁘니. 어느새 훌쩍 자라 동네 어린냥들에게 털을 잔뜩 세우고선 밥자리 이용 예절까지 가르치는 꼬미. 불행 총량의 법칙처럼, 이젠 불행은 다 지나갔으니 행복할 일만 남았어, 얘들아. 이대로 오래오래 행복하자.

이강원 동물칼럼니스트는 고양이를 신이 인간에게 보낸 '작은 수호천사'라고 표현했다. 이유는 쥐 때문이다. 치명적인 위험이 될 수 있는 쥐를 스스로의 의지로 막아주는 고양이는 얼마나 고마운 존재인가.

7

자유 : 노끈에 묶인 쥐잡이 고양이

profile

이름 : 자유
별명 : 노끈에 묶인 쥐잡이 고양이
성별 : ♀
현재 나이 : 2세
매력포인트 : 뚝뚝한 순둥이.

사랑과 자유를 위한 기도

자유는 쥐잡이 고양이였다.

쥐를 잡으라고 강요받으며 줄에 매여 살아가는 고양이 말이다.

우리에게 발견됐을 때, 자유는 등 뒤로 매듭이 묶인 노끈을 목부터 두 앞발까지 X자로 두른 채 자기가 잡힌 줄도 모르고 틀 안의 먹이를 먹고 있었다.

노끈에 묶인 착한 고양이

2019년 가을. 우리는 예정일을 일 년 넘겨 드디어 시작되는 철거를 앞두고 재개발 지역에 남은 길고양이들의 추가 중성화를 위해, 서울시의 지원을 받아 동물권 행동 카라에서 진행하는 재개발 · 재건축 지역 길고양이 TNR 사업에 신청서를 냈다. 길냥이사랑단은 이 사업의 첫 번째 대상자로 선정됐고, 자유는 카라의 활동가들과 함께 2차 구조를 진행한 둘째 날에 우리 품으로 왔다.

쥐잡이 고양이는 주로 한 곳에 묶여 키워지긴 하지만, 그래도 이 지역 주민들로부터 쥐잡이 고양이가 있다는 말조차 들은 적이 없었기에 모두가 놀랐다. 도대체 어디서 왔을까? 어디에 있었을까? 자유가 나타난 곳 근처에 문을 닫은 지 오래인 곡식 가게가 하나 있었고, 길 건너편에는 전통 시장도 있었다. 그 중 어딘가에 갇혀 있었다 하더라도 노끈이 낡았다거나 입으로 물어뜯긴 흔적도 없는데 도대체 어떻게 탈출했을지가 의문이었다. 쥐잡이 고양이를 노끈에 묶인 채로 외출시키며 자유롭게 키우는 경우에 대해서는 아직 들어 본 적이 없다.

자유는 카라 활동가에게는 물론, 노끈을 푸는 수의사의 손길에도 저항이 없었다. 역시 사람이 길들인 쥐잡이 고양이일 가능성이 매우 컸다.

배부른 고양이는 쥐를 안 잡는다?

쥐잡이 고양이가 된 지 얼마 안 됐던 걸까? 자유의 몸 상태는 나쁘지 않았다. 쥐잡이 고양이의 삶은 힘겹다. 배부르면 쥐를 안 잡을까 봐 먹이는 물론 물조차 안 주는 사람이 있을 정도다. 대부분이 비나 바람, 추위나 더위를 피할 지붕이나 벽도 없는 곳에 짧은 줄로 묶여 있어 야생 동물의 공격이나 사람들의 이유 없는 발길질에도 도망조차 치지 못한다. 다치거나 아파도 치료는커녕 무관심 속에서 끔찍한 고통을 마냥 견뎌야 한다. 쥐잡이 고양이는 평생 춥고 배고프고 더러운 곳에서 학대를 받다가 더 이상 쓸모가 없으면 버려지기도 한다.

길고양이에게 밥을 주다 보면 길고양이가 그냥 싫다는 얘기만큼이나 자주 듣는 얘기가 있다.

"길고양이는 배부르면 쥐를 안 잡아. 밥 주면 안 돼!"

사람들이 흔히 하는 잘못된 오해다. 사냥은 육식 동물인 고양이의 오래된 본능이다. 배가 부르다고 눈앞에서 알짱거리는 사냥감을 잠자코 두고 보는 고양이는 거의 없다. 애냥이네 삼둥이는 맛난 비빔밥을 먹다가도 비둘기가 보이면 단체 사냥에 나서곤 했고, 집냥이들 역시 아무리 배가 불러도 새 깃털이나 쥐돌이 인형이 달린 낚싯대를 흔들면 정신없이 달려든다. 쥐나 새, 나비나 벌레, 비닐봉지처럼 움직이는 모든 것은 호기심 덩어리인 고양이에게 최고의 놀잇감이기 때문이다. 배가 부르다고 해서 결코 쥐를 잡는 사냥 놀이를 포기할 길고양이들이 아니라는 말이다.

다른 분들의 글이나 사진을 보면 까치나 비둘기 같은 새와 먹이를 나눠 먹는 길고양이들이 가끔 있다. 영 언니께서 돌보는 밥자리에서도 종종 일어나는 일이다.

길고양이 급식소에서 발견된 토끼를 구조해서 댁에 데려가 입양 전까지 보호하실 때, 언니 댁의 고양이 열두 마리는 석 달 가까이 토끼와 함께 무사히 지냈다. 언니께서 퇴근해 보호장 문을 열면 토끼 토리는 알아서 나와 소파 위 본인 전용 방석에 앉아 쉬기도 하고 자유롭게 집 안을 뛰어다니기도 했다. 토리가 거실을 산책하는 사이에 고양이들이 토리의 보호장 안으로 들어가 구경하고 나오기도 했다.

이뿐 아니다. 몇 달 전, 영 언니께서 돌보는 밥자리에는 심지어 어디서 왔는지 짐작조차 안 되는 커다란 수탉까지 나타났다. 밥을 주러 가면 길고양이들과 나란히 옹기종기 기다리다 고양이 사료를 얻어 먹으러 다가오기도 했다. 강추위가 닥치자 그 수탉이 아예 길고양이 급식소 안에 들어가 있더란다. 길고양이들과 녀석이 서로 닭 보듯(?) 평화롭게 지내는 상황은, 영 언니의 밥자리이기에 가능한 매우 특별한 일이다.

내가 돌보는 길고양이 급식소 주변에서 쥐를 본 건 네 번 정도다. 그중 세 번은 비가 오거나 장마철이 길어져 길고양이들이 대부분 은신처에 숨어 잘 나오지 않을 때 고양이가 사라진 영역을 침범한 쥐였다. 마지막 한 번은 대식가 동글이가 감사 선물(?)로 잡아 둔 쥐였고. 내 경험으로 보자면, 길고양이가 발길이 뜸해진 곳엔 곧 쥐가 나타났다. 대부분의 길고양이들은 동글이처럼 많이 먹고 배가 불러도 새나 쥐를 보면 사냥했다. 특히 길고양이 급식소의 사료를 노리고 자주 달려드는 비둘기들은 안타깝게도 깃털 더미로 발견되는 경우가 많다.

사냥만으론 살 수 없는 도시의 길고양이

사실 모든 길고양이들의 사냥 능력이 뛰어나진 못하다. 더구나 온통 사람이 가득하고 조금만 움직여도 다른 길고양이의 영역이 거미줄처럼 얽힌 도시에서, 길고양이가 하수도로 도망다니는 쥐를 잡아 생명을 유지하기란 현실적으로 거의 불가능한 일이다.

그렇다면 길고양이가 잡을 수 있는 쥐는 하루에 몇 마리나 될까?

2018년 봄, 길고양이들의 비참한 현실을 알리기 위해 사진을 찍는 김하연 작가님의 강연을 들은 적이 있다. 애냥이와 묘연을 맺은 지 한 달 만이었다. 대학로 낙산의 이화중심에서 열린 〈찰카기의 썰〉 첫 강연이었고, 강연 주제는 '왜 전봇대 아래 종이 박스에는 고양이가 들어가지 않을까?'였다. 김하연 작가님께서는 말씀하셨다.

"길고양이가 잡는 쥐의 숫자에 대한 통계는 없습니다. 언론에서 보거나 수의사들에게 물어서 추정한 제 개인적인 경험적 통계로는, 길고양이 1마리가 1년에 10~14마리를 잡는다고 봅니다. 가장 게으른 길고양이라는 전제를 달아서요."

나 역시 정확한 숫자가 궁금해 찾아보았다. 서울시 시민건강국의 동물보호과나 수의사 분들께도 문의했지만 공식적인 통계를 구할 수는 없었다. 그동안 내게는 쥐 대신 라이터나 코로나 시대의 필수품인 마스크, 내가 자주 사용하는 물티슈를 물어다 주는 남다른(?) 길고양이들만 있었기 때문이다. 김하연 작가님의 계산에 따르면, 길고양이가 잡는 쥐의 수는 하루는커녕 한 달에 1마리 남짓인 셈이다. 도대체 어떤 생명체가 그만큼 먹고 살아갈 수 있단 말인가. 우리가 매일매일 먹는 양을 돌아보자.

그렇게 좋으면 데려가서 키워라?

물론 이 숫자로 길고양이의 존재 의미 자체를 깎아내려서는 안 된다. 살아 있음, 그 자체뿐 아니라 털이나 냄새 등 생존 흔적만으로도 전염병을 옮길 수 있는 쥐를 막아 주는 길고양이의 존재 가치는 실제로 잡는 쥐의 숫자를 떠나서 우리와 공생하는 생명체로서 충분히 빛나기 때문이다. 서울시의 동물보호과가 왜 시민건강국 안에 있겠는가. 왜 동물보호과의 길고양이 담당 공무원은 소중한

국가 예산을 들여 〈길고양이와 공존을 위한 제안〉과 같은 안내문을 만들겠는가.

"길고양이가 그렇게 좋으면 전부 집에 데려가서 키워라!"

이 역시 많이 듣는 말이다.

나는 이런 분들에게 묻는다.

"길고양이들이 길에서 사라진다면 어떤 일이 벌어질지 아세요? 길에서 길고양이들이 없어지면 그 자리를 어마어마한 숫자의 쥐들이 대신할 겁니다. 길고양이는 쥐에게는 저승사자거든요. 천적이 사라지면 쥐가 지금과는 비교도 안 되게 수없이 우리의 곁을 파고들 거예요. 쓰레기 봉투를 뒤지는 쥐떼를 보게 될 거란 뜻입니다. 괜찮으시겠어요? 전염병을 옮기는 쥐보다는 길고양이가 낫지 않으세요?"

이렇게 물으면 대부분의 사람은 몸서리를 치며 이렇게 대답한다.

"쥐한테는 쥐약을 놓으면 되지, 무슨 걱정이야! 으휴, 저놈의 도둑고양이들만 사라지면 좋겠어!"

과연 그럴까? 이강원 동물칼럼니스트는 월간지 〈신동

아〉 2020년 9월호에 실은 '인류 대항해 시대 한축 담당한 고양이의 식탐'이란 글에서, 고양이를 신이 인간에게 보낸 '작은 수호천사(Guardian Angels)'라고 표현했다. 이유는 쥐 때문이다. 놀랍게도 쥐 한 쌍이 1년에 낳을 수 있는 자식과 손자의 수는 2천 마리에 이른다고 한다. 특히 집쥐는 보통 100마리가량 무리를 이루며 살기에 1마리가 보이면 주변에 100마리가 있다고 볼 수 있다. 쥐 역시 생명체지만, 인간에게 쥐는 렙토스피라균에서부터 유행성출혈열을 일으키는 한타바이러스뿐 아니라 중세에 유럽 인구를 3분의 1 넘게 죽음으로 내몬 페스트균까지 옮길 수 있어 대단히 위험하다. 1970년대에 학교에서 학생들에게 쥐꼬리 모으기 숙제를 냈던 이유가 여기에 있다. 삼국시대에 불교 경전을 갉아 먹는 쥐를 막기 위해 고양이를 키웠다는 이야기도 유명하다. 이처럼 치명적인 위험이 될 수 있는 쥐를 스스로의 의지로 막아 주는 고양이는 얼마나 고마운 존재인가.

여기서 물음표가 떠오른다. 짧은 줄에 묶인 고양이가 빠르게 도망가는 쥐를 과연 잡을 수 있을까? 아니, 고양이가 있는 곳으로 쥐가 오기는 할까? 오히려 고양이에게 자유와 사랑을 줘서 자신의 영역이라고 스스로 생각하게 만들어 집 주변을 지키게 해야 쥐가 얼씬도 못하지 않을까? 묶어 놓고 굶기고 쥐를 못 잡는다고 고양이를 구박하는 사람들의 선택이 나는 진심으로 안타깝다. 인간 대신 쥐를 잡아 주는 길고양이에게 고맙다는 말은 못할망정 사람들은 길고양이가 쓰레기 봉투를 뜯고 버려진 음식물을 먹는다며 지저분하다고 욕하지 않는가.

알고 보면, 고양이는 깨어 있는 시간의 대부분을 구르밍과 같은 몸단장에 쓸 만큼 깨끗한 동물이다. 길고양이도 마찬가지다. 밥 걱정이 없어지면 길고양이들은 그릇 주변에 떨어진 사료조차도 안 주워 먹는다. 쥐만으로는 부족하기 때문에 쓰레기는 고양이 입장에서도 먹기 싫지만 살아남기 위해 어쩔 수 없이 하는 선택이다. 이런 사실을 사람들이 제대로 알았으면 좋겠다. 실제로 길고양이의 밥자리가 안정적인 곳에서는 쓰레기 봉투가 뜯기는 일이 사라진다. 쥐 역시 없어졌다고 주민들이 느낄 만큼 줄어든다. 우리 길냥이사랑단이 돌보는 곳에서 실제로 일어난 변화다.

6일 만에 목 놓아 울다

태어난 지 6개월이 지나 보이는 자유는 중성화가 가능한 여자아이로, 같은 날 잡힌 어른 고양이 두 마리와 함께 동물병원에서 수술을 받았다. 틀을 놓았던 곳은 조금씩 떨어진 다른 골목이었지만 어쩌다 보니 셋 다 젖소 무늬였다. 엉덩이에 붙은 땅콩을 떼어 내는 비교적 간단한 과정인 남자 고양이와 달리 여자 고양이는 배를 열어야 하는 큰 수술이기에, 보통 중성화 수술이 끝나면 남자 고양이는 1박 2일, 여자 고양이는 2박 3일 동안 동물병원에서 보호하다 회복 상태가 좋으면 잡혔던 자리에 다시 풀어 주는 게 기본이다.

그러니 예정대로라면 이날 잡힌 큰 남자 고양이는 수술된 다음 날에, 오른쪽 코 옆에 알사탕만 한 검은 점이 있던 여자 고양이는 이틀 뒤에 풀어 주고, 자유만 우리가 데려와 임시로 보살필 계획이었다. 쥐잡이 고양이로 길들여진 자유는 풀어 주면 제자리로 돌아갈 가능성이 있었기 때문이다. 다시 노끈에 묶여 살아가게 둘 수는 없었다.

우리는 최대한 좋은 분을 찾아 자유를 입양 보낼 생각

이었다. 그런데 중성화를 마친 남자 고양이의 입 안 상태가 아무래도 너무 심각하다며 다시 마취를 해 전발치를 하겠다는 동물병원 원장님의 결정을 카라에서 전해 왔다. 주말도 끼어 치료한 뒤의 상태를 살필 겸 셋 다 같은 날 데려오기로 결정되며 결과적으로 돌아오는 일정이 3일 정도 늦춰졌다.

병원에서 머문 지 6일째 되던 마지막 날. 그때껏 조용하던 자유가 그렇게 울더란다. 셋은 각자 다른 보호장에 머물고 있었는데, 그렇게 순하던 자유가, 왜 하필 그날 아침부터 동물병원 사람들이 못 견딜 만큼 울어 댔는지는 자유만 알 비밀이다. 그러다 문득 어른 여자 고양이까지 울기 시작했다. 어느 순간부터 둘이 서로 부르고 대답하듯 한참 울기에, 둘 다 젖소 무늬고 하니 혹시나 하는 마음에 한 곳에 넣어 주자 그제야 둘은 울음을 그쳤다.

카라 활동가가 보내 온 사진엔 알사탕 점이 박힌 어른 고양이가 지키듯 앞에 앉고 그 뒤에 숨듯 웅크린 자유의 모습이 찍혀 있었다. 둘 다 언제 그렇게 울었냐는 듯 편안한 표정이다.

세 길고양이를 수술한 동물병원 원장님은 어른 여자 고양이가 최근 6개월 사이에 출산한 흔적이 없어 자유의 엄마일 가능성이 적다며 고개를 갸우뚱했다. 자유를 6개월로 봤기 때문이다. 하지만 수의사라도 길고양이의 나이를 정확하게 맞추기는 사실 어렵다. 이빨에 치석이 쌓인 정도나 발바닥 젤리에 박힌 굳은 살의 강도, 난소와 자궁의 상태 등의 신체 정보를 종합해서 판단하기 때문이다.

실제로 애냥이를 중성화한 동물병원 원장님께선 추정 나이를 세 살로 적으셨다. 적어도 여덟 살은 된 애냥이였는데 말이다. 우리는 엄청난 신체 나이라며 애냥이에게 다시 한 번 감탄했었다. 원장님께선 애냥이가 여덟 살이 넘었다는 우리의 말에 차트에 적힌 나이를 고치시면서도 믿을 수 없다는 듯 고개를 절레절레 흔드셨다.

가족이 아니라면 어째서 서로를 부르며 그렇게 애타게 울다 함께 있게 해 주자 뚝 그치고 의지하겠는가. 그러고 다시 보니 여자 고양이의 얼굴에 붙은 알사탕 점만 빼면 자유와 얼굴이 똑닮은 데다, 잡힌 장소도 도로를 사이에 둔 다른 블록이긴 하지만 50미터도 안 떨어진 곳이었다.

다름 아닌 사랑과 자유

이제 온몸을 옥죄던 노끈에서 벗어나 엄마까지 찾은 자유! 그때 마침 카라에서 《다름 아닌 사랑과 자유》란 책을 냈기에, 우리는 엄마냥의 이름을 사랑이로 바꾸고 둘을 함께 데려와 보호장에서 6일간 보살피다 사랑이가 발견된 장소에 풀어 주었다. 사랑이 역시 먹이를 주거나 화장실을 치우려는 우리의 손을 안 피할 만큼 순했고, 사람의 손길에 익숙했던 자유가 다시 쥐잡이 고양이로 돌아갈까 걱정이 앞서긴 했지만, 맛있는 캔을 먹을 때 다가오는 자유에게 냥냥펀치를 날리는 순간 말고는 든든하게 딸을 지키는 엄마 사랑이를 믿기로 했다. 자유도 다시 찾은 가족을 쉽게 놓지 않으리라 바랐다.

드디어 풀어 주던 날. 둘이 함께 있는 이동장의 문을 열자 사랑이는 쏜살같이 달려가더니 잠시 멈춰서 자유가 뒤를 따라오는지 확인하곤 자기의 은신처로 뛰어올랐고, 자유도 곧 사랑이의 뒤를 쫓아 같은 곳으로 사라졌다.

그 뒤로 2년이 지났다. 매일은 아니지만 사랑이와 자유가 밥자리에 왔다 가는 모습이 요즘도 이따금 우리 길냥이사랑단의 눈에 띈다. 닭가슴살이라도 주려 다가가면 자유는 금세 풀숲 사이로 숨어 버리는데, 사람에게서 스스로를 지키는 법을 배운 듯해 안심이다.

이제 다시는 노끈 따위에 묶이지 말고 자유롭게, 엄마랑 서로 사랑하며 건강하자, 자유야.

길고양이의 영역 구분은 불문율이다.

이런 상식을 나 몰라라 하는 녀석,

바로 깡패다.

8

깡패 :
이 구역의 미친냥

profile

이름 : 깡패

별명 : 이 구역의 미친냥

성별 : ♂

현재 나이 : 적어도 5세

매력포인트 : 사람에게 애교쟁이.

두 얼굴의 깡패를 부탁해

옆으로 쭉 찢어 올라간 노란 눈.

이마부터 두 귀까지 검게 덮은 5:5 가르마.

방망이로 쓸 수도 있을 만큼 굵고 뭉툭한 검은 꼬리.

입이 안 닿아 구르밍을 못해 등 한가운데만 털이 엉킬 정도로 거대한 하얀 몸.

깡패는 발길이 닿는 모든 곳을 '내 꺼!'라고 생각하는 길고양이다.

주로 한두 골목을 자신의 영역으로 삼고 살아가는 도시의 다른 길고양이와 비교하면, 깡패처럼 15개가 넘는 골목을 돌아다니며 자기 마음에 안 드는, 실은 눈에 띄는 거의 모든 고양이를 내쫓고 못살게 구는 길고양이는 이녀석밖에 없다.

냥아치 중에 냥아치

사람들이 사는 곳을 중심으로 봤을 때, 골목이 얼마나 짧거나 넓으냐의 차이는 있지만 대부분의 길고양이는 은신처에서 한눈에 살펴볼 수 있는 거리까지, 한두 골목을 자기 영역으로 지키는 편이다. 재개발 구역의 터줏대감이던 애냥이조차 자신이 살던 빌라의 앞 골목에 하루 종일 머물렀고, 가끔 주변으로 마실을 다니긴 했지만 빌라의 뒷골목으로 다른 길고양이가 지나다녀도 크게 상관하지 않았다. 집으로 돌아오는 나를 냥냥거리며 졸졸 따라오다가도 자기 영역의 끝에 다다르면 애냥인 절대로 그 선을 안 넘었다.

애냥이의 옆 골목엔 쁘니네 대가족이, 다른 쪽 골목엔 대가족네에 놀러오던 까망이 지붕냥과, 애냥이 예전에 낳아 이때는 김 남매가 돌보던 줄무늬냥 일호와 삼색냥 삼호가 살았다. 이런 식으로 도시에는 사람들의 소유권과는 별도로 길고양이의 영역권을 중심으로 한 길고양이 거주도가 존재한다. 엄마를 잃은 어린 길고양이나 사람에게서 버려진 유기묘처럼 이 지도를 모르고 다른 길고양이의 골목으로 들어섰다간 단단히 혼쭐이 나기 일쑤다. 때로는 목숨까지 잃을 만큼 영역 구분은 중요한 불문율이다.

이런 길고양이 세계의 상식을 뒤엎고 나 몰라라 하는 녀석이 있으니, 바로 깡패다.

"여기도 내 자리, 저기도 내 자리, 다 내 꺼다옹~!"

이런 마음가짐으로 참으로 부지런히 돌아다니는 깡패다 보니, 각자 자기 밥자리에서 열심히 날 기다리던 길고양이들 사이로 당당히 끼어들기 일쑤다. 어느 틈에 나타난 녀석을 어리둥절하게 바라보던 애냥이네 삼둥이에게 지레 냥냥펀치를 날리면서도, 애냥이의 눈빛 레이저에 눌려 꽁무니가 빠지게 달아나는 겁쟁이 역시 깡패다. 남녀노소를 안 가리고 자기보다 약하거나 작은 고양이들만 골라서 괴롭히는 못된 버릇이 깡패에겐 있다.

그것이 알고 싶다

그렇다고 자기 밥자리가 없나? 아니다.

깡패는 닭가슴살 여신 달 씨가 눈곱까지 떼어 주며 어여쁘게 돌보던 길고양이였다.

달 씨는 커다란 가방에 닭가슴살을 가득히 넣고 다니며 주변의 배고픈 길고양이들에게 아낌 없이 나눠 주었다. 그가 살던 건물의 한쪽 구석, 누군가 내놓은 서랍장이 오래도록 안 치워지자 그 뒤에 밥그릇과 물그릇을 갖춘 밥자리를 만들었고 그곳의 단골손님이 바로 깡패였다. 물론 여기서도 이곳에 밥을 먹으러 오는 다른 길고양이들에게 사납게 굴고 으르렁거려 달 씨가 싸움을 말리려 한밤중에 빗자루를 들고 뛰쳐 내려간 적이 한두 번이 아니란다. 사무실과 원룸이 다닥다닥 붙은 건물에 사는 달 씨였기에 밥자리를 사이에 둔 길고양이들의 싸움과 다툼 소리가 커지면 주변의 항의로 그곳에 밥을 주기가 어려워졌다. 그러니 깡패는 조용히 와서 차례를 기다려 밥을 먹고 돌아가는 다른 평화로운 길고양이들의 생존까지 뒤흔드는 셈이었다. 그러나 빗자루를 든 달 씨를 보고도 겁을 내기는커녕 꿈쩍없이 그 자리에 버티고 앉아 다른 길고양이가 사라질 때까지 노려보던 깡패였으니 이런 냥아치 중의 냥아치를 누가 말리겠는가.

그럼 집이 없느냐? 그것도 아니다. 깡패는 언제든 편하게 드나들며 잘 곳도 있다.

달 씨가 살던 곳에서 골목을 따라 일직선으로 걸어가면 길고양이들을 위해 지하 한 층을 아예 통째로 내어 준 빌딩이 있다. 빌딩주 님은 오갈 데 없는 길고양이들을 위해 언제든 먹을 수 있는 사료와 닭가슴살을 넉넉히 챙겨 주시다 나중에는 아예 지하의 상가를 내보내고 길냥이들이 언제든 드나들도록 잠자리까지 만들어 주셨다. 깡패는 그곳을 집으로 여기는 듯했다. 깡패를 보면 다가가 몸을 부비고 살갑게 구는 그 건물의 길고양이들과 달리 깡패는 기꺼워하는 얼굴은 아니지만, 그래도 깡패가 공격하지 않는 길고양이는 그 건물에 드나드는 몇 마리뿐이다.

그런데 왜? 도대체 어째서? 여기저기 돌아다니며 다른 밥자리의 고양이들을 못살게 구느냔 말이다, 왜!

착하게 살자!

재개발 지역에 높은 차단막이 쳐지고, 그곳에서 빠져나온 기가 센 길고양이들이 주변에 자리를 잡자, 깡패의 발길은 골목 10개 정도로 줄어들었다. 문제는 그 안에 어리거나 약한 길고양이들이 많다는 점이다.

중성화된 남자 길고양이가 이렇게 여러 곳을 돌아다

니며 아가냥과 여자냥들까지 내쫓으며 온통 휘젓고 다니는 경우는 드물다. 보통 대장냥이는 자기 영역의 바깥에서 들어오는 길고양이들에게는 냉정하지만 영역 안에서 사고로 엄마를 잃거나 일찍 독립 당한 아가냥들을 돌봐주기도 하고 여자냥들에겐 다정한 편인데, 깡패는 다르다. 깡패와 같이 사는 다른 길고양이들조차 그 건물 주변을 크게 벗어나지 않으니 역시 녀석은 유난스럽다.

특히 이번 겨울, 깡패는 더욱 사납게 날뛰었다. 우리 밥자리마다 깡패가 돌아다니며 모조리 쫓아내고 겨울집들을 뺏은 탓에 결국 동글이의 밥자리 친구이던 웅원이가 얼어 죽고 말았다. 새벽 기온이 영하 10도까지 떨어진 날, 겨울집에 못 들어가니 견디질 못했던 듯하다. 유난히 몸이 약한 아이라 날이 추워지면서 겨울집에 핫팩을 넣어 주자 밥도 더 잘 먹고 몸도 좋아지고 있었는데… 달 씨네서 깡패에게 구박을 받다 밀려나 우리가 운영하는 급식소가 있는 창고로 옮겼던 까만 턱시도냥 시도는 하루에도 몇 번씩 찾아와 못살게 구는 깡패가 무서워 겨울집에서 한 발짝도 못 나왔다. 그러다 스트레스로 일주일이나 밥을 안 먹어 탈진 상태가 돼 생명까지 위험해졌다.

이뿐이 아니다. 깡패는 시도의 이웃인 길냥이 가족 모리네를 내쫓고 그 창고도 자기가 차지했다. 시도와 모리네가 모두 착해 주변의 길고양이들도 그곳에 들어와 함께 밥을 나눠 먹었는데, 깡패 때문에 다른 길고양이들을 위한 밥자리까지 새로 찾아야 할 상황이 되고 말았다.

깡패가 머무는 건물의 지하가 춥거나, 모리네와 시도네나 응원이의 겨울집이 더 탐나서 그런 게 아닐까? 나도 처음엔 그렇게 깡패의 입장에서 생각했다. 그래서 시도네에 깡패를 위한 겨울집도 마련했다. 깡패는 한동안 거기서 꾹꾹이도 하고 꿀잠을 늘어지게 잘 정도로 편안하게 지냈다. 그러면 됐지, 왜 시도를 창고에서 아예 내보내려 하고 어째서 골목마다 싸돌아다니며 어리고 약한 길냥이들의 겨울집만 동시에 빼앗느냔 말이다. 가장 마음에 드는 한 곳에 계속 머무는 것도 아니다. 여기 있다가 저기 갔다가 또 다른 곳으로 돌아다니면서 끊임없이 겁을 주고 괴롭히는, 그야말로 깡패다.

사람에겐 살가운 순둥이

어이 없는 반전은 이 깡패 같은 녀석이 사람에게는 이

보다 살가울 수가 없다는 사실이다.

달 씨에게서 시작해, 나를 알게 되고 길냥이사랑단 사람들이 오가며 챙겨 주자 이 녀석은 우리 중 누구를 보든 냥냥거리며 쫓아와 몸을 부비부비하고 멀리서 눈만 마주쳐도 혼자 좋다고 발라당 구르고 난리를 피웠다. 깡패를 잘 모르는 동네 분들은 저렇게 순한 아이를 왜 깡패라고 부르느냐며 물음표를 던지곤 했다.

물론 그분들은 깡패의 본모습을 모른다. 드러누워 달 씨에게 한껏 애교를 부리다가도 손 냄새를 킁킁 맡아 보고 맛난 게 안 나오면 언제 그랬느냐는 듯 쌩하니 일어나가 버리거나, 닭가슴살을 내놓는 속도가 느리면 서두르라며 손을 긁어 버리는 녀석. 달 씨가 이름을 '깡패'로 지은 이유였다. 그때만 해도 달 씨에게만 냥아치처럼 굴었기에 다른 길고양이들에게까지 깡패짓을 하는지는 몰랐다고 한다.

가족을 찾습니다

깡패는 재개발 구역 바깥이 주 활동지다. 건강한 데다 이미 중성화도 돼 있어서 우리의 우선 구조 대상이 아니었다. 그러나 이제 우리는 이 구역의 평화를 위해서라도, 깡패가 누군가와 묘연을 맺어 집냥이가 되기를 간절히 바란다. 오래 자세히 볼수록 깡패의 바람은, 오직 자기만 봐주는 단 하나의 '사람'이라는 느낌이 들기 때문이다.

안타깝지만 우리 중에선 깡패를 입양할 사람이 없다. 길냥이사랑단의 언니들 댁엔 눈이 안 보이거나 다리나 신장이 하나 없거나 사람의 학대로 하반신 마비가 와 길에서는 살 수 없어 구조된 길고양이들이 있기 때문이다. 다른 고양이들에게 공격적인 깡패를 함께 키우기는 어렵다. 달 씨 역시 열 살이 넘어 몸이 아픈 멍뭉이를 책임져야 하고, 부모님께서 돌보는 길고양이만도 서른 마리가 넘는다. 김 남매는 고양이 알러지가 매우 심하고 건강이 안 좋은 가족이 있고, 나는 몸이 나아지면 소소부터 데려와야 하는 상황이다. 그러니 혹시라도 사람에게는 순둥이인 개성 넘치는 고양이를 입양하시고픈 마음씨 좋은 분이 이 글을 읽는다면, 주저 말고 길냥이사랑단으로 연락을 주시기를 부탁드린다.

그날이 올 때까지만이라도… 깡패야, 다른 길고양이들에게 못되게 굴지 말고 다 같이 잘 지내면 안 되겠어?

신기하게도 그날부터 시도가 조금씩이나마
먹기 시작하더니 차츰 다시 기운을 차리고
눈빛도 살아나기 시작했다. 내가 매일 잠깐씩이라도 들러
깡패가 다시는 못 들어오게 해 놓았다고 말할 때마다
시도가 먹는 밥의 양은 늘어났다.

9

시도 :
말하는 대로 척척박사

profile

이름 : 시도

별명 : 말하는 대로 척척박사

성별 : ♂

현재 나이 : 적어도 5세

매력포인트 : 부르면 마중 나오기. 거친 숨소리.

함께 오래 멀리 가자

시도는 재개발 구역 근처, 어느 한정식집 앞에서 우연히 마주친 길고양이였다.

그날따라 평소와 달리 길을 살짝 돌아가게 됐는데, 저 멀리 꾀죄죄한 얼굴에 꼬리가 납작한 까만 턱시도냥이 보였다. 한 끼라도 든든히 챙겨 주려고 다가섰다가 한쪽 눈에서 흐르는 눈물과 코가 완전히 막힌 듯 거친 숨소리와 밭은기침 소리까지 듣자 그대로 외면할 수가 없었다.

날 따라와

그 무렵엔 내가 주던 밥자리가 이미 여러 곳으로 늘어

나 있던 시기라, 나는 안쓰러운 마음에 가까운 밥자리로 녀석을 이끌었다.

“날 따라와. 이제 저기서 매일 맛난 밥 먹자.”

녀석은 망설이는가 싶더니 조금 거리를 두고 따라왔고, 다음 날도 그곳에 나타났다. 그곳은 검은색과 갈색, 흰색이 온몸을 덮은 카오스냥 친구와 줄무늬냥 응원이가 밥을 먹던 곳이었는데, 차츰 시간이 흐르면서 시도까지 셋은 밥자리 근처에 모여 식빵 자세로 해바라기하며 사이좋게 나를 기다렸다. 카오스냥 친구가 그곳의 붙박이냥이었기에 나는 이 밥자리를 친구네라 불렀고, 시도와 친구, 응원이를 친구들이라 부르기 시작했다.

먹이나 여자 고양이를 차지하려고 앙칼지게 소리를 지르며 싸우는 길고양이만 본 사람은 믿기 어렵겠지만, 사실 길고양이들은 엄청난 평화주의자다. 밥자리가 안정적이 되면 길에서 만난 다른 길고양이까지 데려와 같이 나눠 먹기도 한다. 여러 마리가 한 줄로 서서 자기 차례를 기다리기는 물론, 각자 밥그릇을 만들어 주면 자기 그릇 앞에 앉아 그 그릇이 채워질 때까지 참을 줄도 안다. 임신한 길고양이에게는 되도록 먹이를 양보한다는 자기들만의 규칙도 있다. 하지만 이 셋의 쇼윈도 우정은 내가 밥을 주는 순간, 깨지곤 했다. 그 자리의 붙박이던 친구와 달리, 시도는 그날의 맛난 밥을 다 먹는 순간 쿨하게 뒤도 안 돌아보고 어디론가 사라졌기 때문이다.

어쩌면 달 씨네로 갔을 수도 있다. 9개월 전에 달 씨네에서 시도를 보고 사진까지 여러 장 찍었는데도, 나는 달 씨가 말하기 전까진 시도가 그 길고양이인지 몰랐다. 하지만 달 씨네엔 추위를 견딜 만한 공간이 없었고, 늘 콜록거리는 모양으로 봐서 시도에게 집은 없는 듯했다. 시간이 흐르며 달 씨네에 오는 다른 길고양이들이 늘어나자 경쟁에 밀려, 특히 깡패를 피해 시도는 서서히 자리 중심을 친구네로 옮겼다.

붙박이냥이 되다

시도가 친구네로 온 지 반 년이 지난 그해 겨울, 친구들 중 붙박이냥 친구가 무지개다리를 건넜다. 그 즈음에 밥도 잘 먹고 그루밍도 엄청 열심히 해 한창 예뻐지던 중이었는데… 어느 날 오후, 자기 겨울집 앞에 누워서 잠자듯 굳어 있었다. 시도가 친구의 옆을 지키고 있었다. 시도는 나무 급식소 위에서 친구를 내려다보다 우리가 다가가자 늘 사라지던 길로 갔는데 그날따라 문득 뒤돌아서더니 한참을 그 자리에 서 있었다. 친구를 화장시키기 위해 동물병원에 데려다 놓고, 시도에게 밥을 챙겨 주러 친구네로 돌아갔을 때, 시도는 내가 만든 겨울집 안에 들어가 기다리고 있었다. 처음이었다.

겨울이 다가오고 추워지면서 친구들을 위해 겨울집 세 개를 급식소 옆에 만들었지만, 들어간 냥이는 친구뿐이었다. 특히 스트로폼으로 내가 직접 만든 겨울집엔 이때껏 아무도 안 들어갔었다. 이날부터 시도는 친구네의 새로운 붙박이냥이 되었다.

아직 살아 있는, 나를 기다리는 길고양이들이 오늘 또 하루를 움직이게 한다.

이사 가자, 좋은 곳이 있어

시도 덕에 나는 친구를 떠나 보낸 슬픔을 견딜 수 있었다. 시도가 아니었다면 오래도록 나는 친구네에 갈 때마다 울었을지도 모른다.

그렇게 그 겨울을 보내고 시도가 날 따라온 지 일 년이 지난 2020년 4월.

잘 먹고 잘 자지만 약을 먹여도 여전히 콧물과 밭은기침을 달고 사는 시도에게 나는 이사를 가자고 말했다.

"시도야, 이사 가자. 비바람도 안 들이치고 따뜻하고 안전한 좋은 곳이 있어. 여기서 안 멀어."

이 말을 하기 7개월 전, 친구들에게 밥을 주는 내게 개를 산책시키던 동네 주민이 말을 거셨다. 집에 고양이 사료가 있는데, 줄 테니 가져가겠느냐는 물음이었다. 그분은 사료 봉지에 그려진 고양이조차 못 쳐다볼 정도로 고양이를 무서워하면서도 사시는 건물의 창고에 길고양이들을 위한 밥을 주셨다. 그런데 어느 날, 창고 문을 열었다가 마침 밥을 먹던 검은 고양이와 눈이 마주치면서 녀석은 놀라서 얼어붙고 그분은 자기도 모르게 비명을 질렀단다. 그날 이후로 그 까망이를 두 번 다시 볼 수 없었다. 창고에 둔 고양이 사료의 먹은 흔적조차 사라져서 이젠 치웠다며 남은 사료와 새 사료에 캔 한 박스까지 주셨다.

유기견을 열 마리도 넘게 입양해서 키우며 매일 산책을 시키면서 매주 강원도에 있는 전원 주택을 오가며 그곳에 사는 길고양이들에게 또 밥을 내어 주시는 마음씨 좋은 이 선생님. 재개발 지역 근처에 자리 잡은 큰 빌딩의 주인인 선생님께선 재개발 조합의 허락을 받아 사료와 캔, 포획틀을 보관하고 구조된 아가냥들까지 보호하던 빈 건물이 철거되며 우리가 새 창고를 필요로 할 때 선뜻 공간을 내어 주셨다. 우리는 새 창고인 그곳에 착한 고양이 사료 기업 캘러스에서 지원받은 길고양이 급식소를 두 곳 설치한 상태였다. 비를 막아 주는 지붕과 바람을 피해 숨을 곳이 있는 창고. 나는 시도가 그리로 왔으면 했다.

알고 보니 제자리

급식소 바로 옆에는 겨울집을 안 놓는 게 좋다. 누구든 힘센 고양이 하나가 자리를 잡아 버리면 그 급식소를 자기의 영역이라 여겨 다른 길고양이들이 못 오게 막을 수 있기 때문이다. 그 창고에 급식소를 두 곳이나 놓고도 그동안 시도를 안 부른 이유는, 시도가 내가 만들어 준 겨울집에서 네 다리를 뻗고 꿀잠을 잘 만큼 편하게 지내고 있었기 때문이기도 하지만, 만에 하나라도 시도가 그동안 자유롭게 창고를 드나들며 밥을 먹던 다른 길고양이들을 못 오게 할지 모른다는 걱정스런 마음도 있었다.

실제로 친구네에서 시도는 자기 겨울집 옆의 급식소 위에 곧잘 올라가 있었기에, 다른 길고양이들을 위해 우리는 근처에 새로운 급식소를 하나 더 놓아야 했다. 하지만 약을 열심히 먹여도 시도의 기침이 완전히 안 떨어지고, 시도가 머무는 급식소 앞이 주차장인 탓에 배기가스 때문에 몸이 더 나빠지진 않을까, 차에 치이진 않을까 하는 걱정이 우리 길냥이사랑단에게 늘 있었다. 나는 며칠 동안 계속해서 시도에게 이사를 가자며 소곤거렸다.

그러던 어느 날, 시도가 사라졌다. 친구네 겨울집에 자리를 잡은 뒤로 하루도 안 돌아온 적이 없었기에 놀란 마음도 잠시, 시도는 내가 말한 창고 안에서 식빵을 굽는 자세로 느긋하게 엎드린 채 발견됐다.

왜 몰랐을까? 나중에 생각해 보니 이 창고가 바로 내가 처음 시도를 봤던 한정식집 옆이었다. 그곳에서 밥을 먹다가 이 선생님과 눈이 마주친 뒤로 얼음이 됐던 바로 그 까망이가 시도였다. 선생님께서도 시도를 처음 만났던 곳을 떠올린 내 얘기에 그제야 시도를 알아보셨다. 그러니까 시도는 원래 자기가 있던 자리로 돌아간 셈이었다. 아마 시도는 이 창고와 달 씨네를 오가다 이 선생님과 마주친 그날 이후 창고에 발을 끊었지만, 달 씨네에서 깡패에게 밀리자 그 사이에 밥이 사라져 버린 창고 앞을 서성이다 내 눈에 띈 게 아닐까.

가지 마, 기다려, 따라오지 마

다시 창고로 돌아온 뒤로, 시도는 거기 산다. 문을 열기 전에 시도를 부르면 밥그릇 앞에 내려와 기다리는 시도를 볼 수 있었다. 주로 앉아 있지만 어느 때는 편하게 다리를 펴고 누웠거나 식빵을 굽고 있기도 했다. 걱정과 달리 다른 길고양이들이 자유롭게 드나들며 밥을 먹도록 그냥 두는, 착한 시도였다.

신기한 점은, 시도가 그 뒤로도 내 말을 찰떡같이 알아듣고 척척 따라한다는 사실이다. 한번은 문 바로 앞에서 기다리다 내가 들어가자 뒤로 돌아 안전거리를 유지하려다, 내가 가지 말라고 애타게 부르자 뒤돌아 한 발을 내딛던 그 자세 그대로 얼음이 돼서 고개만 서서히 돌려 나를 바라봤다. 괜찮으니 움직이라고 할 때까지 시도는 한참이나 그 자세로 서 있었다. 다른 날은, 위쪽의 스크래처에서 밥그릇을 둔 바닥으로 내려오려고 두 발을 내리다 내가 잠깐만 기다리라고 하자 그 자세 그대로 멈춰서 나를 웃게 만들었다. 두 발과 머리가 아래로 쏠려 힘든 자세인데 얼음이 돼서, 내가 내려오라고, 내려오라고, 괜찮으니 빨리 내려오라고 하고서야 천천히 내려왔다.

또 한번은 그날따라 시도에게 마지막 순서로 밥을 주고 집으로 가는 횡단보도 앞에 서 있는데, 파란불이 되자마자 나를 지나쳐 먼저 횡단보도를 건너는 까망이가 하나 보였다. 깜짝 놀라 따라가 보니, 순식간에 숨어 버려 확신할 순 없었지만, 시도였다!

“시도야, 왜 여기 있어. 이렇게 찻길을 건너다니면 위험해. 나 따라온 거야? 안 돼. 시도는 거기가 제일 안전하니까 다시는 나 따라오지 마! 알았지?”

숨었으리라 생각되는 곳에 대고 혼잣말일지도 모를 부탁을 하고 집에 오면서도 정말 시도였는지, 날 따라온 건지, 파란불에 건너면 되는 건 어찌 알고 그리 유유히 걸어갔는지 궁금했다. 그날 이후로 다시는 시도를 혹은 시도를 닮은 까망이라도 그 횡단보도 근처에서는 본 적이 없어 시도가 내 말을 이번에도 들어준 거라 믿고 있다.

시도는 이제 창고에 완전히 자리를 잡았다. 잘 먹고 잘 자며 깨어 있는 대부분의 시간에 고양이답게 열심히 구르밍을 했다. 한동안 창고엔 시도 몸에서 떨어진 털 뭉치가 굴러다녔지만 그 결과, 시도는 완전히 다른 고양이가 되었다. 눈빛은 살아났고 어딘가에 눌리거나 본드로 붙인 것처럼 납작하던 시도의 꼬리털은 집냥이만큼이나 풍성하게 살아났다. 여전히 이따금 기침을 하지만 나처럼 조금 약하면 약한 대로 그에 맞춰 살아가면 되니, 이렇게 꿋꿋이 살아 주어 고마울 따름이다.

고양이의 체온은 37.5~38도로 인간보다 1~1.5도 정도 높다. 어떤 사람들은 길고양이가 털 짐승이라 한겨울의 바깥 생활도 괜찮으리라 생각하지만 사실은 다르다. 사람과 마찬가지로 고양이도 정상 체온에서 1.5~2도 이상 떨어지면 저체온으로 생명이 위험해질 수 있다. 실제로 겨울이면 많은 길고양이가 칼바람 피할 곳 없는 길에서 체온을 유지하지 못해 얼어 죽는다. 몸도 약한 시도는 살아남느라 그동안 얼마나 힘들었을까. 그나마 이 창고는 따뜻한 편이라 시도에겐 딱 좋다. 여름엔 실외기들이 내뿜는 더운 바람 때문에 털옷을 입은 시도가 덥지 않을까 싶은데도, 시도는 윙윙 돌아가는 실외기 위에 올라가 편하게 누워서 꿀잠을 잔다. 몸이 약해 늘 약간 추운 시도에겐 오히려 여기가 천국인가 보다.

이런 시도를 부러워한 나머지 미워하는 녀석이 생겼으니 바로 달 씨네서 한솥밥을 먹던 깡패다. 하루에도 몇 번씩 창고로 찾아와 시도를 구석으로 무섭게 몰아붙이고, 밥을 먹으면서도 매섭게 노려봤다. 달려드는 깡패를 피해 실외기 틈으로 숨었던 시도가 오죽하면 오줌까지 한 번 찔끔 쌌을까… 그래도 시도는 꿋꿋이 버텼다.

"여기는 시도네 집이야. 그러니까 시도한테 그러지 마!"

깡패가 시도를 몰아붙일 때마다 나는 이렇게 말하며 깡패를 막았다. 처음에는 효과가 있는 듯했다. 가끔은 둘이 각자 스크래처 위에서 편안하게 놀고 있어서 맛난 간식을 나눠 주기도 했다. 하지만 그런 날은 길지 못했다. 시도가 맛있게 먹는 꼴을 못 보는 깡패이기 때문이다. 얼른 자기 몫을 먹곤 시도에게 달려가 먹던 걸 내놓으라며 못되게 구는 깡패였다. 어느 책에선가 이름을 바꾸면 성격이 달라진다기에 깡패의 이름을 '순돌'이로도 바꿔 불러봤다. 일주일 정도는 착해지는 듯했지만, 깡패는 여전히 내가 시도를 예뻐하는 모습을 못 본다. 그러니 어쩌겠는가. 깡패가 헛된 꿈을 버릴 때까지 시도에게 계속해서 말해 주는 수밖에.

"여기는 시도네 집이야. 그러니까 시도야, 절대로 밀리면 안 돼!"

이 말을 듣고 시도가 용기를 내 깡패에게 맞선 결과, 한동안은 힘의 균형이 이루어졌다. 깡패도 시도와의 공존을 받아들이고 시도네에 마음을 붙이는 듯했다.

하지만 깡패는 깡패였다. 겨울이 다가오자 자기 혼자 창고를 차지하고 싶어졌는지 다시금 시도를 내쫓으려 했는데, 시도가 생각보다 오래 버티자 시도네 이웃인 모리네를 뺏었다. 그러곤 하루에도 몇 번씩 시도를 찾아와 나가라고 으름장을 놓는 통에 겨울집을 지키려 한 발짝도 바깥으로 안 나오던 시도는 탈진 상태에 빠지고 말았다. 깡패짓은 거기서 멈추지 않았다. 깡패는 친구네까지 찾아가 응원이와 동글이를 괴롭히고 겁 줘서 김미순 선생님께서 정성스레 비닐을 씌우고 솜을 넣어 준 겨울집에 못 들어가게 했다. 결국 응원이는 얼어 죽고 말았다.

시도에 대한 위협, 모리네의 집 뺏기, 응원이의 죽음… 이 모두가 며칠 사이에 동시에 일어났다. 우연이라고 볼 수 있을까. 어쩌면 깡패의 이런 행동은 시도네의 털방석 위에서 뒹굴거리다 가끔 모리네 건너편 담장 위에서 모리네를 바라보며 이따금 친구네에도 와 끼어들던 지난 여름부터 계획한 짓인지도 모른다.

먹기를 거부하다

보다 못한 나는 이러다 시도와 모리네 아가냥들까지 모조리 잃겠다 싶어, 이 선생님의 허락을 받아 시도네와 모리네로 드나드는 길고양이 통로를 막았다.

다음 날 가 보니, 거의 일주일 만에 시도가 나와서 사료를 먹고 있었다. 바싹 말라 등뼈가 도드라진 데다, 오른쪽 눈은 잔뜩 부은 채로 뭔가 허옇게 덕지덕지 붙었고, 잔뜩 훌쩍거리는 콧물에, 입가와 수염엔 말라붙은 침이, 다리는 힘없이 비틀거리며 제대로 걷지도 못하는 심각한 상태였다. 은 언니께 연락해 함께 바로 구조해 동물병원으로 데려갔지만, 그곳에서도 시도는 계속 밥을 거부한 채 아예 밥그릇에 등을 돌린 채 벽만 보고 웅크리고 앉아 있었다.

검사 결과, 다행히 전염병이나 장기에 이상은 없었다. 다만 전해질 수치가 엉망이었다. 시도가 병원에 오게 된 상황을 들은 동물병원 원장님은 심각한 전해질 불균형의 원인을 식사 거부 때문으로 볼 수 있다며, 시도가 극심한 스트레스나 트라우마로 인해 스스로 안 먹는 심리 상태라고 하셨다. 집냥이였으면 벌써 음식물 튜브를 삽입했겠지만, 길냥이에게는 끼워도 그 상태로 유지가 어렵다고… 결국 시도가 스스로 먹지 않는다면 병원에서는 더 이상 손을 쓸 방법이 없다며 차라리 머물던 곳으로 다시 데려가라고 죽음을 암시하셨다.

마음을 몰라 줘서 미안해

돌보던 길고양이들의 죽음이 처음은 아니었다. 생명은 사람의 영역이 아니라 신의 영역이었다. 내가 세상의 고양이를, 아니, 내 눈앞의 길고양이조차 전부 구할 수는 없었다. 하지만, 이렇게 어이 없이 깡패 때문에 시도가 스스로 굶어서 죽게 내버려 둘 수는 없었다. 원장님께 하루만 더 기다려 달라고, 그래도 안 먹으면 말씀 대로 데려가 있던 곳에서 떠나 보내겠다고 부탁드렸고, 예전에 잘 먹던 캔과 사료를 들고 가 시도에게 주며 말했다.

"시도야, 먹어야 살아…. 그러니 조금이라도 먹자. 내가 깡패를 엄청 혼내 줬어. 다시는 못 들어오게 문도 막아 버렸어! 그러니 얼른 밥 먹고 다시 건강해져서 시도 집에 가자…. 네가 깡패 때문에 그렇게 힘들었는데 마음을 몰라 줘서 미안해… 정말."

그렇게 울면서 달래고 좀처럼 안 떨어지는 발걸음으로 집에 돌아왔다. 신기하게도 그날부터 시도가 조금씩이나마 먹기 시작하더니 차츰 다시 기운을 차리고 눈빛도 살아나기 시작했다. 내가 매일 잠깐씩이라도 들러 깡패가 다시는 못 들어오게 해 놓았다고 말할 때마다 시도가 먹는 밥의 양은 늘어났다.

"이젠 밥을 먹으니 병원에 더 있을 필요가 없어요. 퇴원해도 됩니다."

밝게 웃으며 말씀하시는 동물병원 원장님께 영하 10도 가까이 떨어지는 강추위가 이어지니 날씨가 조금 누그러지면 퇴원시켜도 되겠느냐고 다시 한 번 부탁을 드렸다. 원장님께서 다행히 허락해 주셔서 시도는 24시간 보일러가 나오는 병원에서 11일을 머물 수 있었다.

그사이에 나는 영 언니와 건물 관리부장님, 옆 건물 사장님의 도움으로 곧 돌아올 시도를 위해 창고 지붕과 출입문 사이의 뚫린 공간에 추위 및 깡패 출입 금지 천막을 설치했다. 출입문 아래로 길고양이가 드나들던 통로를 막자 며칠 뒤 깡패가 옆 건물의 담을 타고 지붕 쪽으로 들어와 다시금 시도의 겨울집을 차지하고 있었기 때문이다. 안 됐지만 너는 집도 밥도 있으니까, 나가라. 미안하다, 깡패야.

난 널 믿어

드디어 시도의 퇴원일.

이동장이 무거울 정도로 시도는 다시 건강을 회복했다. 여전히 깡패가 두려워 시도가 이동장에서 안 나올까 봐 걱정을 했는데, 그럴 필요가 없었다. 시도는 이동장 문을 열자마자 쓱 나와 먼저 출입문 아래로 가서 잘 막혔는지 확인하더니 고개를 들어 지붕 쪽 천막도 찬찬히 살펴봤다. 한참을 그러고서야 자신의 겨울집으로 들어갔고, 밥과 캔을 따 주고 다른 밥자리를 돌고 오자 나와서 사료를 먹고 있었다.

퇴원한 지 네 달째. 예전에는 안 먹는 캔이 많았지만, 이제 시도는 주는 대로 모든 간식을 다 잘 먹는다. 오히려 아프기 전보다 건강해졌다.

시도야, 이대로 잘 먹고 더더더 건강해져서 몸을 키우자. 나중에 깡패가 널 보곤 무서워서 오줌을 찔끔 싸고 먼저 도망갈 정도로! 우리 시도, 할 수 있지? 난 널 믿어.

우리, 함께 멀리 오래 가자.

어린 냥이 하루아침에 가족과 헤어져
먹이도 없는 곳에 버려지는 일은
사형선고나 다름없는 셈이다.

10

모리 : 점프왕 깡순이

profile

이름 : 모리

별명 : 점프왕 깡순이

성별 : ♀

현재 나이 : 4세

매력포인트 : 넘치는 모성애. 겉빠속촉 감성.

언제까지나 기다릴게

오똑한 콧날.

두 앞발을 구부린 편안한 식빵 자세.

낯선 나를 가만히 바라보던 똘똘한 눈빛.

이 다소곳한 길고양이의 무엇이

돌보던 사람들을 다가서지도 못할 만큼 두렵게 하는지

처음에 나는 알 수 없었다.

삼청동 소심냥

삼청동의 어느 고즈넉한 한옥 동네.

모리는 그곳에서 태어난 카오스냥이었다.

갤러리를 운영하던 한옥 주인의 배려로 그 댁 뒤편을 오가며 지내던 모리와 가족들은, 지붕 위의 모리네를 본 갤러리 회원 분들의 따스한 관심으로 맛있고 값진 사료와 간식을 먹는 행운까지 얻을 수 있었다.

잘 자라 아가씨가 된 모리는 소심해 보일 정도로 조심스러운 길고양이였다. 갤러리 분들께서 밥을 주거나 청소를 하면 뒤편 담 위로 알아서 도망가곤 했다. 그런 모리가 어느 날 갑자기 다른 고양이로 변한 건 지난 봄. 이때부턴 뒤편에 사람이 얼씬도 못 하게 공격적으로 바뀌었다고 한다.

모리가 180도 달라진 이유는 엄마가 되었기 때문이었다.

점프왕이 되다

모리의 출산은 두 번째였다. 앞서 세 마리의 아가냥을 낳았지만 초산이라서인지 탯줄도 안 떨어진 채로 모두 무지개다리를 건넜다. 세상을 떠난 자신의 아가들을 갤러리 회원이던 송 선생님께서 수건에 싸 데려가는 모습을 눈꼽이 가득 붙은 모리가 선반 위에서 내려다보고 있었다고 한다. 어쩌면 그때 모리는 다짐했을지도 모른다. 다음에는 반드시 아가들을 살리겠다고.

이듬해 봄, 겨울집의 담요를 갈아 주러 들어간 송 선생님께 살아서 꼬물거리는 새끼들의 존재를 들킨 그날. 흥분하며 뛰어 내린 뒤로, 모리는 어떤 사람도 자기 아가들의 주변으로 다가오지 못하게 지키는 점프왕 깡순이가 되었다.

"하악~! 탁!"

단순히 다가오지 말라고 경고만 하는 하악질이 아니다. 모리는 소리를 내는 동시에 오른쪽 발을 구르며 점프해서 사람에게 껑충 달려 들었다. 당하는 사람으로서는 정신이 나갈 만큼 적극적인 공격이었다. 나 역시 나중에 직접 겪자 저절로 비명을 지르며 뒤로 물러서다 넘어질 뻔할 정도였으니, 아가냥들이 어려 모리가 가장 예민했을 시기에 뒤편에 들어갔던 갤러리 분들은 얼마나 무서웠을지 짐작이 간다. 그 뒤로 한옥 뒤편은 사람의 접근이 불가능한 지역이 됐다. 그래도 갤러리 분들은 뒤편으로 가는 문 바로 앞에 밥을 놓아 두는 방법으로 모리네를 정성껏 돌보셨다.

문제는 뒤편 담이 너무 높았다는 점이다. 생후 1개월까지는 엄마냥이 아가냥들의 배설물까지 먹어 주변을 깔끔하게 유지한다. 하지만 그 뒤로는 아가냥들이 스스로 화단이나 흙이 있는 곳을 화장실로 만들어 밥을 먹고 생활하는 공간과 분리하는데, 담이 높아 모리의 아가냥들은 밖으로 나갈 수가 없었다. 뒤편 안에는 따로 볼일을 볼 만한 곳이 없었다. 아가냥들이 클 때까지 화장실을 놓아 주면 좋았겠지만, 모리가 너무 드세 화장실을 치우러 들어갈 수도 없던 상황이었다. 어쩌다 갤러리 분들이 바닥 청소라도 해 주러 들어가려 하면, 모리가 펄쩍펄쩍 뛰며 앞을 가로막는 통에 그마저도 불가능했다.

깡순이의 첫인상

작년 6월, 우리에게 구조 도움 요청이 왔을 때는 이미 두 달 가량의 배설물이 뒤편에 쌓인 상태였다. 여섯 마리의 아가냥 중 특히 엄마 모리를 닮은 카오스냥, 제일 작아 '꼬미'란 이름이 붙은 아가냥의 상태가 제일 나빴다. 두 눈을 거의 못 뜨는 데다 힘이 없어 사람이 다가가도 도망치지도 못했다. 갤러리 분들 중에서는 길고양이를 직접 잡아 본 분이 없었기에 나에게 연락이 왔다. 마침 나는 은언니와 만나려던 참이었다.

우리 길냥이사랑단의 급식소는 서울의 광진구, 동대문구, 성북구, 은평구, 종로구, 중랑구뿐 아니라 경기도의 남양주 시, 대전광역시, 충청북도, 충청남도, 경상북도 등 다양한 지역에 100여 곳이 있다. 이처럼 돌보는 길고양이들이 많기에 늘 허덕대느라 외부의 구조 요청을 받지 못했다. 구조는 우리가 돌보는 지역 안에서 불가피한 경우에 시도하며, 여기서 사시거나 직장을 다니시는 분들은 우리보다 오랜 시간 동안 길고양이들 옆에 머무는 길냥이들의 이웃이기에 그분들에게서 구조 요청이 들어오면 다른 지역에서 발견된 길고양이라 해도 구조자가 임시 보호를 하는 조건으로, 가능할지 논의해서 도와드리고 있다. 그런데 모리네를 돌보던 갤러리 회원 중 하나가 바로 시도네를 내어 주신 이 선생님이었다.

"여기 삼청동 갤러리인데, 우리가 돌보던 아가 길고양이가 눈도 못 뜨고 움직이질 못해요. 곧 죽을 것 같아요. 혹시 와서 잡아 줄 수 있으세요? 치료는 우리가 할게요."

너무나 미안해하시면서도 진심을 다해 부탁하셔서, 은언니와 택시를 타고 삼청동으로 날아갔다. 자기 아이를 살리려는 줄 알았는지 이날은 모리도 어디론가 물러나 길을 내 주었다. 그 기회에 뒤편으로 들어간 우리와 갤러리 분들은 모두 지저분한 바닥과 건강하지 못한 아가냥들의 상태에 큰 충격을 받았다. 갤러리 분들은 나머지 아가냥들을 위해서 급히 청소 및 환경 개선 노력을 하시기로 했다. 은 언니와 나는 꼬미의 구조를 도와 동물병원에 맡기며 우리의 일은 끝났다 생각했다.

그러나 다음 날, 갑자기 모리를 포함한 나머지 아가냥 다섯 마리도 모두 구조했다는 연락이 왔다. 대청소를 하러 들어가서 보니 다른 아가냥들도 상태가 너무 안 좋아 엄마냥 모리까지 중성화도 시킬 겸 전문 포획자를 불러 모두 동물병원으로 데려갔다는 설명이었다.

갤러리 분들의 계획은 이랬다. 세 가지 바이러스에 감염된 꼬미는 집중 치료가 필요하니 다 나으면 상태를 봐서 입양이나 임보를 보낸다. 엄마냥 모리와 나머지 다섯 아가냥들은 비교적 가벼운 허피스 바이러스를 치료하며 1~2주일 정도 동물병원에서 잘 먹이고, 기생충과 심장사상충, 종합 예방 접종을 시킨 뒤 다시 제자리에 풀어 준다.

다행히 아가냥들의 회복 속도는 빨랐고, 꼬미도 가족과 함께 넓은 보호장 안에서 지낼 수 있을 만큼 치료 경과가 좋다는 소식이 들려왔다. 꼬미를 포함해 여섯 아가냥이 엄마냥 모리와 함께 잘 지내는 사진이 도착했고, 얼마 뒤 나는 은 언니와 함께 동물병원을 찾았다. 구조 당시 두 눈을 잃을까 걱정했던 꼬미를 포함해 여섯 아가냥 모두가 초롱초롱한 눈망울로 서로에게 기대 온기를 나누며 엄마와 함께하는 모습을 보니 정말로 흐뭇했다.

이날이 모리와 나의 첫 만남이었다. 삼청동 점프왕이라고는 상상이 안 되던 얌전한 카오스냥 모리. 곧 엄마냥 모리의 중성화도 무사히 끝났다. 아가냥 중 카오스냥 꼬미와 치즈냥 하나를 뺀 나머지 치즈냥 둘과 까망이 하나, 젖소냥은 모두 남아였기에 이대로 삼청동으로 돌아가면 곧 다 자라 독립할 아이들은 떠나고 나머지는 엄마냥 모리와 함께 그곳에서 편안하게 지낼 터였다. 나와 은 언니는 모리네의 건강과 행복을 빌며 돌아왔다.

오아시스를 잃다

이틀 뒤 송 선생님께서 연락을 주셨다. 한옥 갤러리에서 모리네를 다시 데려오지 말라고 한다며, 어쩌면 좋으냐는 고민 상담이었다.

아마도 갤러리 주인은 집 뒤편의 좁은 공간에 여덟 마리나 되는 길고양이가 드나든다는 사실에 버거운 책임감을 느낀 듯하다. 가족들이 다 잡혀 가는 모습을 지켜보았기에 아무리 틀을 놓아도 안 들어오던 아빠냥 밍크를 비롯해 엄마냥 모리와 여섯 아가들을 실제로 보게 되고, 엄마냥 모리가 너무 거칠어 그동안 청소도 제대로 안 됐다는 사실을 알며 복잡해졌을 생각에, 날로 험악해지는 동네 분위기와 이웃의 따가운 시선이 더욱 부담스럽게 다가오지 않았을까.

알고 보니 모리네 동네는 기와지붕 곳곳에 덫이 놓여 길고양이들이 살기에는 너무나 위험한 지역이었다.

그곳 주민들은 길고양이들이 싸는 똥오줌 때문에 한옥 지붕이 삭는다며 지붕마다 틀을 놓았다. 잡힌 길고양이들을 다시는 돌아오지 못하게 그곳에서 아주 멀리 떨어진 곳에 데려가 풀어 준다고 했다. 하지만 그 고양이들이 어디로 사라졌는지를 정말로 아는 사람은 없었다. 그러니 모리네 가족 여덟 마리가 갤러리 뒤편에서 밥을 먹고 다른 집의 지붕들을 오가는 모습을 곱게 봐줄 리 없었다. 실제로 그즈음 이웃의 항의 방문도 있었다고 한다.

그러나 길고양이는 동물보호법으로 보호받는 대상으로, 유기 동물이 아니므로 지자체에서도 함부로 잡아갈 수 없다. 따라서 민간인이 치료나 구조가 아닌 목적으로 틀을 사용해 무단으로 포획하는 행위는 명백한 불법이다. 낯선 곳에 데려다 놓는 행위 역시 영역 동물인 길고양이로서는 현실적으로 적응이 어려우므로 죽으라는 것과 마찬가지다. 어린 냥이 하루아침에 가족과 헤어져 먹이도 없는 곳에 버려지는 일은 사형선고나 다름없는 셈이다.

물론 지붕 위의 길고양이들을 겪으며 사시는 분들의 괴로움도 무시해서는 안 된다. 낮이고 밤이고 길고양이가 지붕 위를 뛰어다니고, 그곳에 배변을 하는 데서 오는 불편과 어려움을 그저 견디라고만 할 수는 없는 일이다. 굳이 한옥 지붕이 아니더라도 길고양이의 똥오줌으로 인한 주민들과의 갈등은 길고양이에게 밥을 주는 사람들이 늘 진지하게 고민해야 하는 문제다.

이런 경우, 우리 길냥이사랑단은 불편을 말씀하시는 주민 분의 화단이나 주차장 등 길고양이들이 화장실로 사용하는 곳을 꾸준히 치워드리기도 하고, 창고 등의 급식소에는 아예 화장실까지 설치해 두기도 한다. 주변에 흙도 없고 화장실도 놓을 수 없다면 최소한 지붕이 아닌 다른 곳에 볼일을 보도록 길고양이를 이끄는 방법도 있다. 흔히 지붕냥들을 보고 안타까운 마음에 봉지밥을 던져 주는 분들이 많으신데, 봉지밥은 길고양이들이 입으로 뜯을 때 자칫하면 비닐 조각이 식도로 넘어가 잘못될 가능성은 물론, 먹다 남은 봉지밥이 지붕 위에서 그대로 썩거나 굴러다녀 문제가 될 수 있다. 그러므로 어려서 지붕으로 오르내리기 힘든 아가냥이 아니라면 밥을 아래쪽에 줘서 내려와 밥을 먹고 근처에 배변을 한 뒤 다시 올라가게 하는 방법이 좋다. 그러면 적어도 밥을 주는 사람이 청소를 할 수 있으니 말이다.

우리가 돌보는 지역에서도 지붕 처마에서 안 내려오는 줄무늬 길고양이 때문에 집주인과 갈등을 겪는 분이 계셨다. 몸이 불편하기 전까지 유기견과 길고양이를 구조해 사랑으로 키우시던 김정순 선생님이다. 김 선생님께선 지금도 집 앞에 길고양이들을 위한 사료와 물을 내어 두시는데, 그 댁 처마에서 밥을 내려다보며 울기만 하는 줄무늬냥 때문에 한동안 애를 태우셨다. 보다 못해 매일 기다란 막대기를 이용해 아픈 허리를 억지로 펴 가며 봉지밥을 처마로 넣어 주셨는데, 결국은 집주인과 문제가 생기고 말았다.

골머리를 앓던 집주인은 아예 줄무늬냥이 드나들지 못하게 처마의 입구를 막아 버리려 했다. 많은 다른 집주인들이 같은 선택을 한다. 그러나 안에 고양이가 있는지 확인하지 못한 채 무턱대고 진행하기에 갇힌 길고양이는 처마 속에서 서서히 굶어 죽는다. 똥오줌도 싫다는데 썩어 가는 길고양이 시체를 머리 위에 이고 살고 싶은 사람이 있을까? 이런 경우 집주인에게 현실적으로 그 사람 입장에서 더 싫거나 불편할 부분을 강조하면서, 길고양이는 동물보호법으로 보호받기에 고의로 죽게 하면 처벌받을 수 있다는 설명을 드리고 나은 방법을 찾아볼 수 있다.

하지만 상황을 듣고 직접 가서 처마와 줄무늬냥을 보니, 다 큰 어른 고양이인 데다 처마의 높이나 구조도 못 오르내릴 정도가 아니었다. 나는 선생님께 줄무늬냥이 충분히 내려와서 먹을 수 있으니 이제 아무리 울어도 봉지밥을 넣어 주지 마시라고 당부했고, 얼마 뒤부터 녀석이 스스로 내려와 먹고 간다는 말씀을 들을 수 있었다.

물론 길고양이를 천덕꾸러기로 여기는 대부분의 집주

인은 지붕냥의 존재 자체를 싫어한다. 그래서 자기 집 주변에 밥을 못 주게 하기 때문에 어쩔 수 없이 봉지밥을 던지게 되는 경우가 대부분이다. 하지만 결국 지붕냥이 사는 집의 주인이나 이웃 분들을 설득하지 못하고 계속해서 지붕으로 봉지밥을 준다면, 주민들은 길고양이나 밥을 주는 사람들에게 더욱 화가 날 테고 결국은 그 미움이 길고양이들에게로 향할 수밖에 없다. 밥을 주는 분들이 24시간 내내 한 길고양이만 지킬 수는 없으므로, 우리보다 오랜 시간을 함께하는 길고양이들의 이웃인 주민 분들에 대한 설득은 꾸준히 계속되어야 한다.

모리가 어릴 때 옆집 지붕에서 죽은 채 발견된 모리의 가족으로 인해 그곳조차 길고양이들이 다니지 못하게 이미 철망으로 둘러쳐진 상태였기에, 갤러리 주인의 선택을 비난할 수만은 없었다. 그러나 이 결정으로 인해 모리는 위험한 동네의 오아시스였던 소중한 집을 잃게 됐다.

꼬미, 안녕

퇴원을 며칠 앞두고 갑자기 갈 곳이 사라져 버린 모리네. 갤러리 주인은 모리네 치료비로 200만 원을 지원하며 자신의 전원주택에 데려가 풀어 놓겠다 하셨다. 하지만 그분은 길고양이에 대해 잘 모르는데다 그동안 실제로 모리네를 돌본 분들은 송 선생님과 윤 선생님, 이 선생님을 비롯한 갤러리 회원들이기에 이분들께선 고민이 깊으셨다. 길고양이 가족의 원거리 이주는 워낙에 어려운 일이다. 더구나 갤러리 주인은 보호장 설치에 조심스러운 입장인 데다 그분의 전원주택이 당시에 큰 공사 중으로 매우 시끄러운 상황이라서 과연 모리네가 제대로 정착할 수 있을지에 대한 걱정이 컸다.

그러던 중 시도네를 내어 주신 이 선생님께서 주말마다 머무시는 강원도의 전원주택에 데려가 보호장을 설치해 두고 한 달 정도 보호하다 풀어 주는 대안을 제안했다. 평일에는 송 선생님께서 강원도를 오가며 모리네의 상태를 챙기거나 그쪽에서 돌볼 수 있는 사람을 구하는 방법까지 구체적으로 논의하셨던 듯하다. 그러나 그때 그곳에 이미 자리를 잡은 붙박이 길고양이가 있었고, 보호장 안이라 해도 모리네가 갑자기 아프거나 다쳤을 경우 동물병원에 데려가기 힘든 점도 문제로 떠올랐다. 그래도 당시로서는 최선의 방법이라 이 선생님과 송 선생님께서 함께 강원도로 내려가 현장 답사를 하려던 전날, 갑자기 이 선생님께서 마음을 바꾸어 시도네가 있는 자신의 빌딩에 모리네를 받아들이기로 결정하셨다.

알고 보니 이 빌딩에는 시도네의 반대편에 또 다른 창고가 하나 더 있었다. 모리네가 살던 삼청동 한옥 뒤편과 구조가 비슷하면서, 아가냥들이 자라 창고 위로 오르면 몸을 숨길 수 있는 은신처와 놀이터로도 이용할 수 있는 흙 화단이 둘러싼 넓은 뒷마당이 이 건물 안에 있다는 점도 좋았다.

길냥이사랑단 역시 재개발 과정에서 오갈 데 없는 쁘니네를 살리기 위해 받아 줄 곳을 찾던 애타는 마음을 알기에, 우리가 돌보는 지역인 이곳에서 살아갈 수 있도록 모리네의 적응을 돕기로 했다. 그러고 보니 대학교로 보낸 쁘니의 딸이 꼬미인데, 모리의 딸 카오스냥도 이름이 꼬미였다. 꼬미가 가고 새로운 꼬미가 돌아오다니 신기한 인연이었다.

모리네는 예정보다 2주 정도 미뤄진 7월 1일에 동물병원에서 퇴원해 시도의 이웃이 되었다. 매일 오전에는 송 선생님과 윤 선생님께서 먼 길을 달려와 이 선생님과 함께 모리네를 살피시고 오후에는 내가 가서 돌봤다.

4일째, 꼬미가 갑작스레 무지개다리를 건넜다. 오전에 선생님들이 다녀가실 때도 무사했다는데, 3시간 뒤쯤 내가 갔을 때는 이미 보호장 입구 쪽에 누운 채로 굳어 있었다. 비록 다른 아가냥들보다 몸집이 작고 아팠기도 했지만, 약하면 약한 대로 잘 살아갈 수도 있는데 그리 떠나니 마음이 무거웠다. 혹시 우리가 무언갈 놓쳐서, 뭔가 부족해서 잘못된 건 아닌가 해서였다. 어떤 외상이나 심지어 배변 흔적도 없었고, 사후 검사에서 파보 바이러스도 음성이었기에 근처 동물병원 원장님께선 심장 쇼크사로 진단했다. 삼청동 갤러리에서 살던 모리네 온 가족이 여기까지 오게 된 시작점이 꼬미였는데, 마음이 참 아팠다.

문을 열다

꼬미를 보내고 난 뒤, 우리는 남은 아가냥들은 살아 주길 바라는 마음으로 최선을 다했다. 그때까지 꼬미 언니, 꼬미 오빠들로 불리던 다른 아가냥들을 위해 이름도 지었다. 엄마 이름을 따라 '모'자 돌림으로, 까망이가 모세, 앞발에 발목 양말을 신은 치즈냥이 모찌(찹쌀떡 닮아), 두 앞발에 무릎까지 양말을 올려 신은 치즈냥이 모야(빌딩주 님께서 〈동물의 왕국〉에서 보신 늠름한 표범의 이름), 치즈냥 중 여아가 모란(꽃), 젖소냥이 제리(제일 덩치가 크고 장난기가 넘쳐 〈톰과 제리〉의 제리)가 됐다. 가장 다정한 아가냥은 모야로, 문을 열면 항상 보호장 입구 쪽에 앉거나 누워 사랑스러운 눈빛으로 쳐다봤다. 제일 식탐이 많은 녀석은 모세였다. 아가냥 중 꼬미 다음으로 몸집이 작았기에 아마 엄마 젖 경쟁에서 밀렸으리라 보인다. 이제 스스로 마음껏 먹을 수 있게 되자, 모세는 내가 비빔밥을 만드는 도중에도 머리를 들이밀고 바로 코앞까지 와서 콧노래를 부르며 밥을 먹었다. 특히 모세는 창고 지붕에 떨어지는 여름비를 바라보며 혼자서 한참이나 낭만을 즐길 정도로 감성적인 아가냥이었다.

한 달이 지나자, 엄마냥 모리는 내가 들어가도 신경 안 쓰고 꿀잠을 잘 정도로 창고 생활에 잘 적응했다. 7월 말에 창고 안 보호장 문을 떼며 빌딩의 뒷마당으로 가는 나무다리를 설치한 우리는 고민에 빠졌다. 빌딩 바깥으로 오갈 수 있는 출입문 아래까지 여는 시기에 대해 선생님들과 우리 길냥이사랑단 사이에 의견 차이가 있었기 때문이다. 이 선생님과 윤 선생님, 송 선생님께선 고양이들의 숫자에 비해 공간이 좁고 특히 길고양이로 자유롭게 지내던 엄마냥 모리의 스트레스가 크니 하루라도 빨리 바깥문도 열어 주자는 입장이었다. 그와 달리 우리 길냥이사랑단의 경험 많은 언니들은 바로 옆에 큰 병원 주차장이 있어 오가는 차가 많고 빌딩 앞 골목이 바로 큰 길가 도로로 이어지기에 운전자들이 속도를 내는 구간이니 되도록 천천히 열어 주자는 의견을 내놓았다. 사실 밖으로 향하는 문을 여는 순간, 차 사고는 물론 학대와 쥐약이나 다른 길고양이의 텃세 등 온갖 위험에 노출되는 셈이기에 나 역시 되도록 할 수만 있다면 모리네가 이 빌딩 안에서 오래도록 안전하게 지내기를 바랐다.

팽팽한 두 입장 사이에서 나는 되도록 시간을 끌었다. 장마라도 끝나면 열자는 생각이었다. 선생님들도 답답하셨을 텐데도 한 달가량을 기다려 주셨다. 하지만 장마철이 유난히 길어져 9월까지 이어질 예보가 나오자 더 이상은 늦추지 말자는 의견을 강하게 내셨다. 본디 길고양이인 아이들을 언제까지 그대로 두기는 어려운 상황이었다. 모두가 모리네를 아껴서 하는 말씀이고 일리가 있기에 누가 맞고 틀리고의 문제가 아니었다. 우리는 더 오래, 더 많이 모리네를 지켜본 선생님들의 의견을 따르기로 했다.

8월 28일 저녁, 모리네가 창고로 온 지 거의 두 달 만에 밖으로 향하는 통로가 열렸다. 다행히 모리는 아주 신중한 성격이었다. 바로 나오는 대신 한 시간이 넘도록 한참을 통로 앞에 서서 바깥을 살폈다. 아마도 그날 밤 아주 늦게, 거리에 사람이 없을 때 모리가 나오지 않았을까. 다음 날 오후, 내가 갔을 때 창고는 완전히 비어 모리네 모두가 사라지고 없었다. 밥도 물도 화장실도 아예 건드린 흔적이 없었다. 하룻밤 사이에 온 가족이 다른 곳으로 떠난 듯했다. 엄마냥까지 여섯 마리나 되는 대가족인데도, 개천까지 이어지는 우리의 다른 급식소나 골목에서도 모리네를 본 사람은 없었다.

두 달이나 머물러 이젠 완전히 이곳을 집으로 인식했을 모리네이기에, 전부는 아니더라도 일부는 돌아올 거라고 기대했다. 내 예상대로 이틀째 되던 날부터 창고 안 밥과 화장실에 한 마리 정도가 다녀간 흔적이 생기더니, 삼 일째 되는 날에 젖소냥 제리가 들러 화장실을 사용하는 모습이 은 언니의 눈에 띄었고, 사 일째 되던 9월 1일엔 까망이 모세가 돌아와 있었다. 특히 모세는 며칠 사이에 인생 공부를 톡톡히 한 듯 매우 지치고 힘든 얼굴로 선반 맨 위층 구석에 웅크리고 있다가, 간식을 주자 식탐 대마왕 답게 내려와 맛나게 먹었다. 그렇게 집 나간 지 일주일 만에야 우리는 모리네가 창고 옆 병원 주차장 옆 구석진 공간에 자리를 잡았다는 사실을 알 수 있었다. 창고에서 5미터 정도밖에 안 떨어졌지만, 지붕도 있고 실외기 등으로 가려져 있어 비바람을 피할 수 있으며 밖에선 안이 전혀 안 보이는 구조였다. 나중에 보니 뒷골목으로 갈 수 있는 통로도 있어 모리네로선 똑똑한 선택이었다. 하지만 처음부터 그곳에 머물렀다면 첫날에 밥과 화장실을 사용한 흔적이 조금이라도 있었을 텐데 아예 없었다. 아마도 다른 곳으로 가 보았지만 집 떠나 냥고생을 하다 이곳만 한 곳이 없음을 깨닫고 다시 돌아온 게 아닐까.

애냥이도 예전에 밥자리를 자꾸 뒤엎던 사람 때문에 아가들을 모두 데리고 떠났다가 며칠 만에 꾀죄죄한 몰골로 돌아온 적이 있었다. 그때 삼둥이는 먹어선 안 될 걸 주워 먹었는지 없던 설사까지 생겨서 박 할머님께서 약을 며칠이나 먹이고서야 겨우 나았었다. 엄마냥 애냥이로서는 당장 먹고 살 방법이 막막하고 아가들이 아프니 생명의 위협을 무릅쓰고 돌아왔을 테다. 엄마냥 모리 역시 같은 선택이 아니었을까.

10일이 지난 9월 6일부턴 창고를 드나드는 여섯 마리의 모습이 전부 눈에 띄었고, 9월 11일에는 온 가족이 다시 창고에 모여 내가 만든 비빔밥을 먹었다. 비로소 창고를 편안한 집으로 완전히 인식한 셈이다. 비록 꼬미는 서둘러 고양이별로 떠났지만, 엄마냥까지 나머지 가족 모두가 원거리 이주에 성공해 감사할 따름이다.

자유로이 흩어지다

이제 스스로 받아들인 새집에서 아가냥들은 하루가 다르게 무럭무럭 자랐다. 제일 덩치가 있던 제리는 어느새 엄마냥 모리만큼 커졌고, 모란이는 어여쁜 소녀가, 모찌와 모야와 모세는 얼굴도 몸도 훌쩍 자라서 아가냥 티를 벗고 멋진 소년이 됐다. 비가 아주 심한 날이 아니면 모리네 모두가 주변 지역을 마실 다니며 콧바람이 들어 집보다 밖에서 머무는 시간이 많았다. 그래도 신기하게 내가 창고에 들르면 먼저 와 기다리고 있거나 지붕 위에서, 길

건너편 화단에서, 또는 다른 어딘가에서 하나씩 돌아와 잘 지내고 있다며 얼굴도장을 찍고 갔다. 때로는 한두 아이가 며칠이 넘게 안 보일 때도 있었는데, 다시 만났을 땐 훌쩍 성장해서 다른 길고양이가 들어온 줄 알고 놀란 적도 있었다.

냥고생을 하고 돌아오니 집의 고마움을 느꼈는지, 어느 날은 물그릇에 닭뼈를, 밥그릇에 새 깃털을, 창고 입구에 낙엽을 누군가 물어다 놓기도 했다. 그러나 무엇보다 기특했던 선물은 마스크와 물티슈였다. 고양이의 보은이라는 사실을 알기에 무엇을 가져다 두든 크게 칭찬을 해줬지만 모리네는 나에게 무엇이 가장 필요한지 곰곰이 의논한 듯하다. 코로나 예방을 위해 늘 끼고 다니는 마스크, 밥그릇이나 밥자리를 닦으려 자주 사용하는 물티슈를 물어다 둔 걸 보면 말이다. 특히 마스크는 몸체와 끈이 서로 떨어진 채로 두 개의 밥그릇에 하나씩 들어 있었는데, 끈까지 꼼꼼히 챙겨다 둔 정성과 관찰력은 정말 감동이었다. 처음에는 밥그릇 한 곳에 꼬질꼬질 때가 탄 짧은 끈이 있어 뭔가 하고 그냥 버렸는데, 그 옆 그릇에 담긴 마스크를 보며 뒤늦게 생각해 보니 한 세트였다. 고맙다며 엄청나게 칭찬해 주고 이제 더 안 가져와도 된다고 하자 그 뒤로 마스크 선물은 없었다. 내 말까지 알아듣는 똑똑한 모리네 아가냥들이다.

그러나 가장 놀라운 변화는 모리였다. 보호장 문 앞에 버티고 앉아 하악질을 내뿜으며 달려들어 화장실도 못 치워 주는 날이 있을 정도던 점프왕 깡순이는 어디 가고, 이젠 주변에 놀러 나갔다가도 반드시 돌아와 내 얼굴을 다정하게 바라보는가 하면 골목에서 햇볕을 쬐다 나와 마주치면 먼저 집으로 들어가 기다리는 때도 많았다. 내가 시도네에 먼저 들르는 날엔, 이따금 그 앞에 주차된 자동차 아래까지 나와 마중하다 자기가 옆에서 집까지 앞장서기도 했다. 나중에는 내가 이름을 부르면 편안히 누운 상태에서 꼬리 끝을 살랑거리며 가만히 대답하기도 했다. 그렇다고 점프왕 깡순이의 성격이 어디로 사라진 건 아니었다. 차츰 다섯 아가냥의 몸집이 커지고 간식 시간에 줄서기 경쟁이 이어지면 키운 보람도 없이 엄마에게 먼저 양보할 줄도 모르는 자식들에게 하악질과 냥냥펀치로 예의를 가르치곤 했다. 그러다 결국은 창고 안에 본인 만의 자리를 만들었고, 그곳은 엄마냥 모리만 간식을 먹는 전용

석이 됐다.

그러나 자연의 순리일까, 여섯 식구가 살기엔 창고가 좁다고 느꼈을까. 아니면 타고난 호기심을 채우기 위해서거나 혹은 사랑을 만났을까. 모리네 모두 중성화를 시켰지만, 자유로워진 아가냥들의 탐험은 이어졌다. 문을 연 지 한 달쯤 지난 9월 말부터 덩치가 큰 제리가 제일 먼저 안 보이기 시작했고, 그보다 조금 뒤엔 모세가, 11월 11일인 빼빼로데이를 마지막으로 모란이가 사라졌다. 동네 길고양이에게 고백이라도 받았던 걸까. 어쩐지 모란이는 사랑을 따라나선 느낌이었다. 모리네에서 일직선으로 죽 길을 따라 가면 개천이기에 차츰 활동 반경이 넓어지던 제리와 모세는 개천으로 갔을 듯했다.

그와 달리 엄마냥 모리와 치즈냥 모야와 모찌는 주로 집 근처에서만 머물렀다. 특히 모야는 창고의 붙박이냥으로, 언제 가도 거의 항상 안에서 나를 맞았다. 이대로 남은 세 식구라도 평화롭기를 바랐지만, 결국은 내가 걱정하던 일이 일어나고 말았다.

공격 당하다

건물 밖으로 나오는 통로를 열기 전, 나는 아가냥들이 적어도 세 마리 정도는 엄마와 함께 남아야 집을 지킬 수 있을 거라 생각했다. 이 구역의 미친냥 깡패가 모리네와 가까운 곳에 살았기 때문이다. 깡패를 잘 모르던 분들은 내 걱정이 지나치다고 여기셨지만, 나는 깡패를 알기에 늘 불안했다. 아무리 모리가 점프왕 깡순이라 해도 몸집이 깡패의 반 정도에 불과했고 모찌와 모야 역시 남아긴 해도 아직 올해 태어나 어린데다 착해서 이 셋으로는 깡패를 막기 어려워 보였기 때문이다. 엄마냥 모리를 닮아 가장 강단져서 이따금 창고 입구에서 밖으로 눈빛 레이저를 날리던 여아 모란이까지 떠나자 결국 균형이 깨지고 말았다.

12월 초, 겨울이 다가오자 깡패의 공격이 시작됐다. 내가 갈 때는 모리와 모찌, 모야가 다 창고 안에 있거나 없다가도 내 소리를 듣고 돌아왔기 때문에 미처 눈치채지 못했다. 그러다 갑자기 모리가 안 보이는 날이 있었고, 그즈음에 깡패가 엄마냥 모리의 겨울집을 차지하고 있어 모리가 그 앞에서 안절부절못하더라는 은 언니의 말씀을 듣고 다음 날부터 열심히 살폈다. 하지만 깡패는 지능적으로 내가 가는 시간을 피해서 갤러리를 드나들었기에 마주치질 못했다. 그 며칠 사이, 깡패는 먼저 엄마냥 모리를 완전히 몰아내고 다음으로 제일 덩치가 큰 아가냥 모야를 내쫓았다.

12월 9일, 내가 모야의 겨울집을 차지하고 위층에서 버티는 모찌까지 마저 쫓아내기 위해 노려보며 지키는 깡패를 본 날. 아직 한 살도 안 된 어린 치즈냥 모야는 자기 집 옆 병원 주차장에서 벌벌 떨고 있었다. 당장 야단을 쳐 내보냈지만 깡패는 그 다음 날도 또 모야집에 들어가 있었다. 내가 사라지면 다시 모리네로 들어가는 깡패와의 실랑이가 삼 일째 이어졌다. 이미 모리는 집에 발길을 끊은 뒤였다. 모리가 다시 돌아오게 하기 위해서라도 모야와 모찌는 어떻게든 지켜야 했다.

12월 13일은 다음 날부터 기온이 영하 10도까지 떨어지리란 날씨 예보가 나왔다. 깡패 하나 때문에 이러다 줄줄이 죽어 나갈 판이었다. 나는 빗자루를 들어 모야집에서 안 나오고 버티는 깡패를 내쫓고 모야가 들어가게 한 뒤, 이 선생님의 허락을 받아 모리네로 들어가는 문 아래를 모두 막아 버렸다. 그 뒤로도 깡패는 어떻게든 모리네에 다시 들어가려고 찾아와 주변을 어슬렁거리고 막힌 통로를 들여다봤다. 단, 내가 창고에 없을 때만.

모세, 개천에서 발견되다

이런 가운데 안타깝지만 다행스러운 일은 모세가 돌아왔다는 사실이다.

깡패가 갤러리를 차지하기 이틀 전인 12월 7일, 우리 길냥이사랑단이 돌보는 개천가 밥자리를 맡은 영 언니에게서 급한 연락이 왔다. 급식소 앞에 처음 보는 까망이가 있는데, 상태가 매우 안 좋고 가까이 가도 움직이지도 못한다고 했다. 부리나케 달려가 보니, 세상에나 모세였다! 두 달 동안 고생을 많이 했는지 눈물도 흐르고 숨소리도 거칠며 코에는 핏자국까지 있는 데다 입이 아파 구르밍을 제대로 못했는지 꼬리는 중간이 뭉쳐서 많이 달라져 보였지만, 분명히 모세였다. 내가 다가가서 이름을 부르자 녀석은 어릴 때 내던 목소리로 울면서 대답도 하고 나를 알아보고 반응했다. 은 언니께서 모리네 빌딩주 이 선생님께 이동장을 빌려 급히 오시는 동안 모세는 나를 보고 안

심했는지 갑자기 근처에 있는 다른 우리 급식소 두 곳으로 차례차례 이동하며 자기가 이쪽 밥자리들을 다 알고 있음을 보여 주었다. 혹시라도 그러다 어디로 사라질까 싶어 옆에 잡아 두려고 캔을 따자, 예전처럼 못 기다리고 내 다리에 코가 닿을 정도로 다가와 냥냥거리며 코를 들이미는 까망이. 모세가 아니라면, 나를 모르는 길냥이라면 불가능한 일이었다.

동물병원에서 정밀 검사한 결과, 모세는 빈혈과 부비동염이 심하고 이가 안 좋은 상태였다. 코에 피가 난 이유도 부비동염과 빈혈 때문으로, 다행히 교통사고는 아니었다.

길고양이라면 당연히 있을 거라 원장님께서 예상하셨던 호흡기 바이러스 검사 결과도 모두 음성으로 깨끗했다. 부비동염은 콧속 콧물을 빼내는 코뻥 치료와 따뜻한 특실에 입원해 2주 동안 잘 먹고 지내는 동안 많이 나았고, 빈혈도 정상 기준을 넘어섰지만 많이 상한 이빨을 빼는 치료를 할 정도로 좋아진 상태는 아니라서 스케일링만 받은 뒤 일단 모리네 창고로 데려왔다.

과연 모세가 집을 알아보고 적응할까. 모찌와 모야는 모세를 기억하고 받아들일까? 구조되던 날 나를 알아보고 자기 이름에 대답하며 이동장에도 얌전히 잘 들어가 동물병원에 도착할 때까지 울음소리도 한 번 안 내던 모세였다. 그런데 이 녀석이 동물병원 특실에선 매일 숨숨집 안에 숨어서 내가 가도 한 번도 안 나오고, 불러도 대답도 안 했다. 정말 모세일까? 모세가 아니라면 모리네에 데려갈 수 없었다. 그렇다고 이 추운 강추위에 다시 개천에 풀어 놓을 수도 없었다. 대안으로 시도네에서 적응시키는 방법을 마련했지만, 아무래도 모세 같았기에 나는 모세의 기억을 불러일으키려고 엄마냥 모리의 냄새가 잔뜩 밴 담요를 가져가 병실에 넣어 주었다. 그리고 어릴 적 보호장 시절부터 가족들과 함께 가지고 놀던, 모찌모야의 냄새와 모세 자신의 냄새가 밴 캣닙 물고기 인형을 떼 가 숨숨집 앞에 놓아 두었다. 며칠 동안은 전혀 안 건드리는 듯해 병원 간호사 님께서 숨숨집 위로 치우셨는데, 신기하게도 스케일링을 한 날부터 매번 볼 때마다 장난감의 위치가 바뀌어 있을 정도로 잘 가지고 놀기 시작했다. 1안은 모리네, 2안은 시도네, 3안은 냥호텔에 묵으며 입양 준비. 갤러리 선생님들과 3안까지 준비해 놓고, 지난 겨울의 첫 강추위가 지난 다음날로 퇴원일을 잡았다.

모세에겐 집인 이곳으로 돌아오던 날, 이 선생님과 우리 길냥이사랑단 단원들께서 혹시라도 모세가 아니라면, 모찌나 모야와 싸우거나 문제가 생기면 어떡하느냐는 걱정을 하셨지만 나는 믿었다. 이 까망이는 99% 모세였다. 물론 아닐 가능성도 1% 있었다. 또한 모세라 해도 형제들이 거부할 수도 있었다. 고양이로 태어나 1년까지의 시간은 사람의 15년과 같기에 이 시기의 세 냥이에겐 떨어졌던 두 달이 2년에 가까운 긴 세월로 느껴질 수 있었다. 길거리 생활과 긴 병원 입원 기간으로 인해 몸에서 나는 냄새가 달라졌을 모세를 모찌와 모야가 알아보지 못하고 내칠 가능성도 있었다. 이날은 네 시간 정도 그 안에서 삼형제의 반응을 보며 머물 생각으로 떨리는 마음을 가라앉히며 모세를 데리고 창고로 들어갔다. 먼저 이 선생님께 이동장 안의 모세를 보여 드리고, 모세에게 창고를 보여준 뒤 눈을 맞추며 집을 알아보느냐고 묻자, 그렇다고 모세가 눈을 감았다 뜨며 대답을 했다.

그런 다음 모세가 든 이동장을 밥자리 근처에 두고 앞만 보이게 담요를 걷은 뒤, 모찌와 모야를 불렀다. 평소와 다른 분위기에 머뭇거리던 모찌가 모세의 정면에 나타난 순간. 병원에 들어가서부터 퇴원해 창고로 돌아오기까지 소리 한 번 안 내던 모세가 울기 시작했다. 가족을 부르는 소리였다.

'어딨어? 나 여기 있어. 나야 나, 나라고.'

엄마 고양이가 안 보일 때 아가냥들이 찾는 소리.

엄마 고양이가 먹이를 구하거나 마실을 다녀와 아가냥들을 부를 때 내는 소리.

가족들끼리 서로를 부르는, 다정한 소리였다.

갑작스런 소리에 놀란 모찌가 도망가 눈앞에서 사라지자 모세는 언제 울었느냐는 듯 다시 조용해졌다. 모야와 모찌는 내려왔다가 모세가 부르면 사라졌다가 또 나타나기를 되풀이했다. 모세를 못 알아본다기보다는, 너무 오랜만에 만나서 아는 척해야 할지 말지 고민하는 표정 같았다. 모세는 모찌나 모야가 보이거나, 함께 살던 시절 다같이 올라 놀던 지붕 위에서 모찌와 모야가 뛰어다니는 소리가 들리면 계속해서 형제들을 부르며 울었다. 그 모습을 찍은 영상을 경험이 많으신 은 언니와 영 언니께 보내 여쭤 보니 언니들 역시 가족을 부르는 소리가 맞다며 확인해 주셨다. 100%의 확신이 1%의 불안을 날려 버리는 순간이었다. 나는 송 선생님께도 영상을 보내 드리고 상의해 조심스럽게 모세의 이동장을 열어 주었다. 그렇게 모세는 집으로 돌아왔다. 개천에 그대로 머물렀다면 생애 첫 겨울을 무사히 넘기기 어려웠을 모세가 가족들과 함께 따듯하게 지낼 수 있어 너무나 기뻤다.

돌아온 모세는 모든 행동이 어릴 적과 똑같다. 유난히 까맣고 오똑한 콧날, 이상하게 그곳만 털이 적어 약간 까인 듯한 발뒤꿈치, 비빔밥을 만들면 못 참고 다가와 코앞에서 먹는 식탐, 밥을 먹을 땐 내 몸에 자기 털이 닿을 만큼 가깝게 다가가도 안 도망가는 행동, 화장실 바깥쪽으로 볼일을 약간 흘리는 나쁜 버릇까지. 모세가 아니라면 엄마냥 모리의 냄새가 가득한 겨울집과 담요에 이토록 편안하게 누울 수 있을까? 돌아와 반갑다, 모세야.

시간이 필요해

모세와 달리, 모찌와 모야의 마음이 열리는 데는 아직 시간이 더 필요한가 보다. 다시 만나고 나서 며칠 동안 모찌와 모야는 주로 지붕에서 자기들끼리 놀거나 모세에게 가까이 안 가며 거리를 뒀다. 모세는 무척 속상해했다. 처음에는 형제들이 지붕에서 내려오면 얼굴을 마주할 수 있는 찬바람 바로 들이치는 곳에 앉아 하염없이 기다렸다. 모찌와 모야가 나타나면 먼저 다가가 왜 자기를 못 알아보냐며 바로 앞에서 바라보며 부르는 소리를 냈다. 나 역시 같은 마음으로 모찌와 모야에게 말했다.

"모찌야, 왜 못 알아봐? 모세잖아. 모야, 기억을 잘 떠올려 봐."

그런 모세가 부담스러웠는지 맨 위층 겨울집을 쓰던 모찌는 밥자리층 겨울집으로 잠자리를 옮겼다. 그러자 모세는 이번에는 밥자리 앞으로 옮겨 버티고 앉았다. 얼굴에 불만이 가득한 모찌는 잘 때 말고는 아예 하루 종일 밖에서 머물기 시작했다. 마침 이때 한동안 날씨가 풀려서 다행이었다. 내가 가면 내려와 잠시 간식만 먹곤 다시 지붕 위로 모야와 함께 나가 버리던 모찌. 잔뜩 풀이 죽은 모세가 안쓰러워 나는 설득했다.

"모세야, 시간이 필요해. 기다려 줘야지, 그렇게 다짜고짜 들이대면 어떡해…. 몸도 안 좋은 녀석이 핫팩이 깔린 따듯한 겨울집을 마다하고 매일 찬바람을 쐬고 있음 안 돼. 큰일 나! 모찌와 모야는 위쪽 겨울집을 썼으니 너는 엄마가 쓰던 제일 아래의 겨울집을 사용해. 그러면 모찌와 모야가 자연스레 들어와서 위층에 놀면서 안에 더 오래 머물 거야."

이렇게 말한 다음 날. 모세는 정말로 맨 아래층, 모리가 쓰던 겨울집에 들어가 있었다. 모찌와 모야는 다시 창고로 들어와 지내며 자기 겨울집으로 돌아가 자연스레 행동했지만 여전히 모세와 마주치면 피했다.

그렇게 일주일 정도가 더 지나자 강추위가 왔다. 춥기도 했을 테고, 형제들에게도 삐쳤는지 모세는 이젠 더 이상 부르기를 멈추고 그저 모리가 있던 겨울집에 틀어박혀 지냈다. 잘 있는지 카메라로 찍어 보면 잔뜩 부루퉁한 표정의 모세가 보였다. 아무리 불러도 꿈쩍없으니 어쩔 수 없이 안에 모세가 있는 상태에서 핫팩을 넣어야 했다. 난 물리거나 할퀴을 당하면 응급실로 가야 되기에 망설였다. 그렇다고 영하 20도까지 떨어지는 강추위에 몸도 안 좋은 모세를 그대로 둘 수는 없었다. 털장갑을 두 개씩 겹쳐 끼고 겨울집 안으로 손을 넣으며 모세에게 말했다.

"모세야, 따듯하게 해 주려고 넣는 거니 때리지 마. 물면 안 돼!"

모찌와 모야는 초겨울부터 핫팩을 넣어 줬기에 내가 가면 알아서 겨울집에서 나와 핫팩을 넣게 비켰다. 그럼에도 모찌는 이따금 추운 날엔 바로 안 나오고 겨울집 안에 있다 다가간 내게 하악질을 하기도 한다. 그에 비해 모세는 바짝 다가서는 내게 하악질은커녕 겨울집 안에 핫팩을 넣어 주는 내 손을 할퀴지도 않고 착하게 받아들였다.

나는 삼 형제가 다시 친해지길 바라는 마음으로 어릴 때 같이 신나게 가지고 놀던 장난감 세트를 새로 사서 넣어 주었다. 가지고 놀다 보면 예전 기억이 떠오르기를 바라며 간식을 주면서 모세에게 말했다.

“모세야, 이렇게 밥 먹을 때 여기에 나와서 같이 먹어야 다시 친해지는 거야. 이럴 때 나와서 얼굴을 봐야지, 그렇게 안 나오면 어떡해.”

그러자 그 순간, 정말로 모세가 나와서 모찌와 모야가 먹는 반대편으로 가 마주 보고 먹기 시작했다. 말하는 대로 척척박사인 시도를 이을 똑똑냥 모세다.

차츰 시간이 흐르자 모야가 먼저 모세를 받아들였다. 모세가 돌아온 지 10일 만에 둘은 가까이서 나란히 밥을 먹기도 했는데, 모찌는 자신들을 두고 떠난 모세에게 마음이 안 풀렸는지 여전히 가끔 하악질을 했다. 그러면 모세는 삐친 얼굴로 겨울집에 다시 틀어박히곤 했다.

"모세야, 상처 받지 마. 네가 자기들을 두고 멀리 떠났다 와서 모찌가 서운한 마음이 아직 안 풀렸나 봐. 시간이 지나면 괜찮아질 거야. 기다려 주자."

내 말에 다시 용기를 내, 형제들에게 다가서는 노력을 하는 기특한 모세다. 그렇게 다시 일주일이 지났다. 모세가 가까이 다가가면 피하던 모찌와 모야는 어느새 함께 자연스레 간식을 먹기도 하고, 특히 며칠 전 모찌는 한 그릇에 담긴 간식을 모세와 나눠 먹어 나를 놀라게 했다. 그날 모찌는 밥을 먹는 모세에게 몰래 다가가 꼬리며 엉덩이 냄새를 맡아 보더니 옆에 한동안 앉아 있기도 했다.

집에 돌아온 지 3주가 지나자, 간식을 먹고 난 모세가 처음으로 지붕으로 올라가 밖을 내다보며 한참을 콧바람을 쐬다 내려왔다. 얼마 뒤 삼 형제가 지붕에 함께 나와 놀더라는 기분 좋은 소식을 이 선생님께 전해 들을 수 있었다. 잘하고 있어, 삼 형제!

헤쳐 모여

안전하고 편안한 자기들의 집에서 함께 강추위를 이겨내는 씩씩한 삼 형제를 볼 때마다 집 떠난 모리와 모란이와 제리가 떠올라 걱정이다. 지금 도대체 어디에 있어, 얘들아.

마음 아프게도, 창고 통로를 막은 지 2주 뒤에 모란이가 찾아왔었다. 모세가 돌아온 지 일주일 만이었다. 영하 10도까지 떨어지는 추위가 한 차례 지나간 뒤 낮에도 영하 10도 가까운 강추위가 오기 이틀 전, 잠시 날이 풀린 시점이었다.

모리네로 들어가려다 통로가 막혀 있자 서글프게 우는 치즈냥이 있다며 이 선생님께서 전화를 주셨는데, 얼핏 들리는 울음소리와 창고로 들어가려는 치즈냥이라는 사실만으로도 모란이였다. 이 선생님께서 혹시라도 다른 길고양이가 아닐까 외모를 확인하시며 내게 물어보는 아주 잠깐 사이에 치즈냥은 어디론가 사라져 버렸다. 전화를 끊자마자 바로 달려가 주변 골목을 돌고 개천까지 가는 길을 훑으며 모란이를 불렀지만 흔적도 찾을 수가 없었다.

다음 날, 전날 모란이가 나타났던 시간에 맞춰 갔지만 내가 도착하기 직전에 치즈냥이 왔다 갔다는 옆 병원 주차장 소장님의 말씀만 들을 수 있었다. 누구보다 오랜 시간을 가까이 계시고 처음부터 모리네를 지켜보셨던 소장님이기에 모란이나 모리가 나타나면 일단 문을 열어 주고 전화를 달라고 부탁드려 봤지만, 혹시라도 다른 길고양이를 잘못 들여보낼까 봐 자신이 없다고 말씀하셨다.

그 다음 날은 아예 한 시간 전부터 기다렸지만 이미 낮에도 영하 10도 가까운 강추위가 시작돼서인지 모란이는 그뒤로 감감무소식이다. 강추위를 앞두고 돌아왔을 텐데 문이 닫혀 있었으니 얼마나 서러웠을까…. 모란이는 이곳을 집으로 확실하게 인식하고 있으니, 제발 바로 알아볼 수 있는 내 앞에 다시 한 번만 나타나 주기를 바라며 모리네에 갈 때마다 나는 문을 살짝 열어 두고 모란이와 모리, 제리를 기다린다.

뭉쳐야 산다

드디어 다가온 봄.

두 달 가까이 닫았던 모리네와 시도네를 열었다. 겨우내 답답했을 시도와 모모모는 바깥을 자유롭게 다니며 봄구경에 한창이다. 깡패의 위협을 딛고, 태어나 처음 맞은 겨울을 무사히 난 모모모를 보면 늘 흐뭇한 마음이 한가득하다. 그러다가도 깡패 때문에 여전히 마음 한편엔 불안함이 있었는데, 이젠 그런 걱정을 덜어도 될 듯하다.

깡패가 더 이상 두 곳 다 얼씬도 안 하기 때문이다. 어쩌면 깡패도 조금은 달라지기로, 이젠 살짝 착하게 살아보기로 마음먹은 걸까? 얼마 전까진 그럴지도 모른다고 생각했다. 하지만 알고 보니, 깡패가 변한 이유는 모세 때문이었다.

모모모는 바깥 마실을 신나게 다니다가도 내가 들를 때면 집에 돌아와 얼굴 도장을 찍고 닭가슴살과 물을 먹고 가는데, 일주일 전부터 모세만 보이질 않았다. 그러다 이틀 전, 깡패가 원래 살던 빌딩주 님의 밥자리로 가던 모세를 우연히 발견했다. 놀라운 사실은, 이미 그곳의 단골손님이 된 모세가 깡패를 포함한 그 빌딩의 모든 냥들을 자기 아래로 깔끔하게 서열 정리시켰다는 그 빌딩주 님의 말씀이었다. 모세로 인해 깡패는 어쩔 수 없이 평화주의 냥이 되는 중인가 보다.

오늘도 친구네로 찾아와 동글이를 겁에 질리게 만들었으니, 제 버릇을 완전히 버리기는 어렵겠지만 그래도 이

대로 깡패가 모리네에서 거리를 지킨다면 언젠가 엄마냥 모리도 돌아오지 않을까? 개천으로 갔으리라 짐작되던 모세나 제리와 달리, 모리는 이 근처 어딘가의 건물에 꽁꽁 숨어서 지내는 느낌이다. 사실 이곳의 출입문이 막혀도 모리는 언제든 돌아올 수 있다. 뒷 건물 담을 타고 이 선생님 빌딩의 마당을 건너고 다시 지붕을 넘어 창고 안으로 들어오는 길을 모리만 알고 있기 때문이다.

모란이도 삼 형제의 냄새를 맡았을 테고, 어쩌면 모란이 소리에 지붕 위로 올라간 모찌와 모야도 봤을 테니 한 번은 더 찾아오지 않을까. 반드시 집으로 돌아와 이제 다시는 혼자 멀리 떠나지 말기를 바란다. 모란아, 언제까지나 기다릴게.

모찌야, 모야야, 집을 떠났다 엄청 고생하고 돌아온 모세를 기억해. 모세야, 집 떠나 겪었던 일들을 기억해. 절대로 집에서 멀리 떠나지 말고 이대로 셋이 함께 집을 지키며 모리, 모란, 제리가 돌아오길 기다리자.

모리야, 모란아, 제리야…. 어디에 있든 이 겨울을 잘 견뎠기를 바란다. 언제든 집이 생각나면 돌아와. 너희들은 뭉쳐야 산다. 알지?

나오며

내 친구는 길에 산다

친구라고 부르던 길고양이가 있었다.

6개월 정도 돼 보이는 작은 고양이로, 늘 같은 담 위에 앉아 있었다. 검은색과 갈색, 흰색의 털이 온몸을 뒤덮은 멋진 카오스냥이었다.

담 위의 망부석

처음 본 그날부터 담 아래에 밥자리를 만들어 사료와 물을 주었지만, 이상하게도 친구는 하루가 지나고 이틀이 지나도 늘 내려다보기만 할 뿐 한입도 안 먹었다. 그릇에 개미가 꼬여 통째로 버리기를 여러 번. 아마도 담 안의 넓은 저택에서 키우는 고양이라서 좋은 사료를 배불리 먹으니 안 먹나 보다 생각하고 나는 밥자리를 치웠다. 그 뒤론 지나칠 때마다 반갑게 인사만 건넸다.

"안녕, 친구!"

"친구, 뭐해?"

그럴 때면 친구는 고개를 돌려 나를 뚫어지게 바라보곤 했다.

친구네에서 일직선으로 죽 걸어가면 애냥이네라서 그 뒤로도 나는 가끔 그곳을 지나쳤다. 하루는 평소처럼 비빔밥을 만드는데, 애냥이가 처음 들어 보는 소리로 이상하게 울었다. 마침 함께하던 박 할머니께서 뭔가를 무서워하는 듯하다고 말씀하며 주변을 살펴보셨다. 한참 원인을 찾던 우리는 손수레 아래에 떡하니 와 앉은 친구를 발견할 수 있었다. 얼른 애냥이네 비빔밥을 나눠 줬지만, 역시나 친구는 안 먹고 그냥 밥그릇 앞에 앉아서 물끄러미 바라만 보더니 곧 다시 왔던 길로 돌아갔다. 거의 한 달을 이렇게 친구는 몇 번이나 나를 따라왔다 그냥 돌아가곤 했다.

그러던 어느 날 늦은 저녁, 애냥이네와 친구네 사이에서 배가 고픈지 먹을 걸 찾아 쓰레기 봉투를 뒤지는 길고양이 하나가 저 멀리 어둠 사이로 보였다. 마침 일회용 그릇이 떨어져 고양이가 숨은 주차된 차 아래에 사료를 조금 부었는데, 살짝 고개를 내려 먹는 얼굴을 보니 세상에, 친구였다! 뭔가를 먹는 친구의 모습은 그날이 처음이었다. 그것도 몇 날 며칠은 굶은 듯 하겁지겁 삼키다니 놀라울 따름이었다.

담을 내려오다

알고 보니, 친구는 늘 머무르는 담 건너편의 단독 주택 창고에 살던 길고양이였다. 그 댁의 주인인 김 선생님께서 좋은 마음으로 밥을 주며 돌보셨는데, 얼마 안 지나 이웃 중 하나가 하도 항의를 해 어쩔 수 없이 내보내셨다고 한다. 친구는 건너편 넓은 저택의 담 위에 자리를 잡고 자기가 머물던 창고와 밥을 주시던 선생님 댁을 바라보며 지내고 있었다. 김 선생님께서는 반려동물로 개를 키우셨기에 이따금 참치와 개 사료를 비벼 내어 주셨고, 친구는 그 손길과 일주일에 한두 번 그곳을 지나가며 봉지밥을 던져 주는 누군가의 선의에 의지해 버티며 살고 있었다.

다섯 살이 넘었는데도 너무 못 먹어서 크질 못해 자그마하던 나의 친구….

그 근처에 살던 달 씨의 말로는, 친구가 나를 만나기 전에 그 자리에 다른 길고양이도 한두 마리 있었단다. 어느 날 보니 누가 참치캔에 호치키스의 심을 가득 섞어 그곳에 뒀고 반 정도가 빈 걸로 봐서 친구가 아닌 길고양이가 먹은 걸로 보이며, 그 뒤로 나머지 길고양이들이 안 보였다고 한다. 그렇게 한 알, 한 알을 다 찍어서 가득 넣은 걸 보면 길고양이에 대한, 무서울 정도로 지독한 미움이 느껴진다며 달 씨는 혀를 내둘렀다.

은 언니는 나중에 친구의 이야기를 들으시곤 가끔 너

무 굶으면 밥을 줘도 안 먹고 친구처럼 바라보기만 하는 길고양이가 있다고 얘기했다.

아마도 친구는 배가 고파도 안 고프다, 안 고프다 되뇌이며 주린 배를 움켜쥐고 고단한 삶을 살아 왔던 게 아닐까. 더구나 인간이 준 음식을 먹고 죽는 다른 길고양이를 눈앞에서 봤으니, 그 뒤로는 창고를 내어 주셨던 김 선생님의 음식 말고는 다른 인간이 내미는 어떤 손길도 믿을 수 없게 됐을 테고. 나를 따라다니며 내가 준 밥을 먹고도 오랫동안 무사한 다른 길고양이들을 보고서야 친구는 내게 마음을 열었는지도 모르겠다.

그날의 만남 뒤로 나는 다시 담 아래에 밥자리를 만들었고, 친구는 이제 담을 내려와 밥을 먹으며 밥자리의 붙박이냥이 돼 나를 기다리기 시작했다. 하지만 늘 담 위에서 지내던 버릇 때문일까. 친구는 항상 맨바닥을 거부하고 뭔가를 깔고 앉아 있어서 우리의 감탄을 자아냈다. 버려진 스티로폼부터 신문지, 휴지, 어떤 날은 아무것도 안 보여 드디어 바닥에 앉았나 했더니 두 앞발만 얹을 정도로 작은 종이 위에 네 발을 모은 채 불편해 보이는 자세로 잔뜩 움츠려 있기도 했다.

시도와 이제는 세상을 떠난 웅원이와 함께 셋이서 햇볕 아래 모여 다 같이 식빵을 구우며 나를 기다리던 친구…. 그렇다, 한정식 집 앞에서 만난 시도를 이끈 밥자리가 바로 친구네였다. 드디어 어른냥 크기로 자라 열심히 그루밍을 해서 털갈이를 하며 나날이 인물이 나던 친구는, 이 책을 계약하고 얼마 지나지 않아 갑작스레 무지개다리를 건넜다. 나와 은 언니에게 발견된 친구는 아무런 외상 없이 평소처럼 잠자는 듯한 모습으로 밥자리 앞에 엎드려 있었다.

15년 vs 3년

나를 만나기 전, 친구의 삶은 참으로 배고팠다. 그래도 이따금 따스한 손길을 내밀던 분들의 도움으로 길고양이로서는 드물게 6년 가까이 살아 냈고, 마지막 1년은 그나마 배부르게 지낼 수 있었다. 50퍼센트가 넘는 길고양이가 태어난 지 6개월도 못 넘기고 굶주리다 무지개다리를 건넌다. 1년 생존율은 25퍼센트. 길고양이의 평균 수명은 길게 잡아 3년이다. 집고양이의 평균 수명 15년에 비교하면 너무나 슬픈 숫자다. 사람으로 치자면 80세 가까이 살 수 있는 생명들이 꽃다운 10대와 20대에 차디찬 길에서 세상을 떠나는 셈이다. 더구나 길에서의 3년은 집에서의 같은 시간과는 비교도 할 수 없이 힘겨운 나날의 연속이다. 길에는 온갖 위험이 도사린다. 썩어 가는 쓰레기가 아니면 밥은 커녕 마실 물조차 구할 수 없고, 사람들의 따가운 눈초리를 피해 편히 몸을 누이고 비바람을 피해 쉴 곳조차 마땅치가 않다.

만약 당신이 길고양이라면

어느 날 태어나 보니 길이라면, 당신은 어떻겠는가. 나는 내가 본 길고양이들만큼도 살아 낼 자신이 없다. 자신의 삶에 대한 원망을 세상과 타인에게, 그 중에서도 거의 항상 자신보다 약한 존재인 길고양이들에게 쏟아 내는 많은 사람들을 주변에서 쉽게 마주할 수 있다. 그럼에도 불구하고 길고양이들은 불평 한마디 없다. 그저 자신에게 주어진 지금 이 순간에 열심히 최선을 다하며 오늘 하루도 또 묵묵히 살아 낸다. 나는 내가 본 길고양이들의 꿋꿋하고 사랑스러운 모습을 나누고 싶었다. 가족을 사랑하고 소중히 여길 줄 아는 길고양이들의 마음과 삶을 대하는 자세는 우리 인간과 결코 다르지 않음을, 때로는 훨씬 많은 것들을 가지고도 감사할 줄 모르는 우리를 부끄럽게 만들 만큼 깊고 무거움을 말해 주고 싶었다. 그래서 한 명이라도 더 많은 사람이 멈춰서 무릎을 굽히고 우리와 다를 바 없는 길 위의 작은 생명들과 눈을 맞추길 바라는 마음으로 이 글을 썼다.

그러니 이 글이 마음에 와닿은 분이라면, 앞으로 삶에서 마주치는 길고양이들을 조금만 더 따듯하게 바라봐 주시기를 제발… 부탁드리고 싶다.

끝을 아는 사람은 없으므로

길고양이를 아끼는 사람들에게서도, 끝까지 돌보겠다는 결심이 없으면 밥을 주지 말라는 이야기를 가끔 듣는다. 밥을 주기 시작하면 길고양이가 길들여져 매일 그 시간에 그곳에서 그 사람을 기다리기 때문에 결과적으로 무책임하게 줄 바에는 주지 말라는 이유는 나름대로 타당하다. 하지만 나는 다르게 생각한다. 3년을 채 못 살고 그동안도 늘 굶주림에 시달리는 길고양이에게, 반 이상이 6개월 안에 죽는 아가냥에게, 당신이 지나치며 건네는 작은 한 끼는 그 생명이 또 한 순간을 넘길 수 있는, 더할 나위 없이 든든한 힘이 되지 않을까? 거리의 따스한 손길들이 모여, 그 순간순간이 모여 길고양이의 삶을 이어지게 만든다. 당장 먹을 게 없어 쓰레기를 뒤지고 그러다 먹어선 안 될 걸 잘못 먹거나 사람들에게 더럽다고 욕을 먹고 쫓겨나다 차에 치이거나 해코지를 당할 위험을 한 번이라도 줄여줄 수 있다면, 그걸로도 작은 마음을 건넬 이유는 충분하지 않을까?

길고양이를 돌보는 사람들 중에 처음부터 지금처럼 끝까지 주겠다는 마음으로 시작한 사람이 얼마나 되겠는가. 끝까지 주겠다고 시작했던 사람 중에서도 도중에 사라져 버린 사람은 또 얼마나 많은가.

나만 해도 그렇다. 우리 길냥이사랑단 단원들도 마찬가지다. 길고양이를 돌보거나 단체를 만든 분들이 쓴 글을 읽어 봐도 그렇다. 시작은 모두 우연히 마주친, 도저히 외면할 수 없던 길 위의 지친 생명이었다. 그래서 나는 부탁드리고 싶다. 배고픈 길고양이를 보면 무조건 먹을 것을 나눠 주라고. 당신이 건네는 한 끼가 벼랑 끝에 선 생명이 지금 이 순간을 또 살아가게 만든다고. 끝이 어떨지는 누구도 미리 알 수 없으니까…. 내가 지금 마주한 이 배고픈 길고양이가 피할 수 없는 죽음으로 내일 무지개다리를 건너더라도, 아니 그렇다면 더더욱, 나는 꼭 오늘 한 끼라도 배부르게 먹이고 싶다.

똑같은 길고양이는 없다

2년 동안 재개발 지역에서, 밖에서 나는 많은 생명을 만났다. 그중에 똑같은 길고양이는 하나도 없었다. 재개발 구역의 개냥이 대배우이던 애냥이, 지붕을 날아다니던 밀당의 고수 쁘니, 뱃속 아가들을 잃고 대식가가 된 동글이, 장난꾸러기인데다 나만 보면 폭풍 옹알이 수다를 늘어놓는 소소, 사람에게 다쳤으면서도 사람을 좋아하는 숨기 천재 살구, 연애도 거부하고 사라진 가족을 기다리다 결국 다시 만나 행복해진 요미, 노끈을 푼 지 6일 만에 울어서 엄마를 찾은 자유, 온 밥자리를 돌아다니며 시비를 거는 깡패, 말하는 대로 척척 행동하는 시도, 아가들을 지키기 위해 점프왕 깡순이가 된 모리.

나는 길고양이들을 볼 때마다 신의 손길이 닿은 걸작이라고 느끼는데, 정말로 똑같이 생긴 길고양이는 하나도 없기 때문이다. 완전히 하얗고 완전히 까만 고양이들도 자세히 보면 눈 색깔이나 눈동자, 눈빛, 표정, 코, 몸매 등 어느 한 곳은 다르다. 그래서 나는 모든 길고양이가 사랑스럽다. 하나의 종이 이렇게 다양한 겉모습을 가지는 동물이 또 있을까? 있다. 우리 인간 말이다. 우리는 가끔 우리도 동물 중 하나일 뿐이라는 사실을 곧잘 잊곤 하지만.

이 책에는 담지 못한 고양이도 많다. 길 위의 삶이 어찌나 힘겨웠으면 보호장 문을 활짝 열어놓아도 절대로 제 발로는 안 나오던 똑이, 신경통 약으로 팔릴 수도 있던 가게에서 동생을 팔로 끌어안고 지키며 살려 달라고 내게 울면서 매달리던 아가냥 우리, 재개발 구역의 빈집에서 발견돼 얼마나 굶었는지 끊임없이 설사를 하면서도 끝없이 먹으며 사방이 막힌 보호장에서 귀신 같이 빠져 나오던 방 탈출의 달인 여름이, 가족과 떨어져 낯선 곳으로 가게 되자 남자 고양이인데도 엄마를 잃은 어린 아가냥들을 품고 자며 새로운 지역의 대모가 된 장수, 경쟁에서 밀려 잘 먹질 못해 제대로 움직이지도 못할 정도로 약해졌으면서도 가족들과 놀고 싶어 바닥에 몸을 끌며 따라다니던 행운이….

길고양이들을 찬찬히 들여다보면, 각자의 개성 넘치는 매력 속에 살기 위한 노력과 몸부림이 녹아들어 있다. 그럼에도 불구하고 자신에게 주어진 아주 작은 것에도 만족하면서 행복과 기쁨과 우정과 사랑과 배려를 몸소 보여주는 길고양이들을 보며, 나는 삶을 살아가는 자세에 대해 오늘도 또 배운다.

길고양이의 선물

길고양이들과의 인연은 나를 좋은 사람들에게로 이끌어 주었다. 어떠한 이해 관계도 없이 길 위의 작은 생명을 위해 나눌 줄 아는 사람들. 자신보다 약한 존재를 위해 누가 알아주지 않아도 묵묵히 오늘도 길로 나서는 사람들.

백혈병 말기라는 시련을 겪으며 이미 평생을 함께할 친구들을 얻었지만, 우리 길냥이사랑단처럼 오래오래 보고 싶은 사람들을 이렇게 단체로 만나게 될 줄은 몰랐다. 길냥이사랑단뿐 아니다. 밝은 낮에 도는 나는 아무래도 사람들의 눈에 띄는지, 고생한다며 내게 인사를 건네는 주민들도 나날이 늘고 있다. 어떤 날엔 여러 밥자리에서 나는 얼굴도 모르는데 응원해 주시는 분들을 10명 가까이 만나기도 했다. 내가 꾸준히 밥을 주는 모습을 지켜보셨다며 따스한 말씀을 전하시는 이웃들의 존재는 길고양이들이 내게 준 뜻밖의 보은이다.

길고양이들을 위해 기꺼이 창고를, 지하를 내어 주신 빌딩주 분들, 급식소를 놓을 자리를 내어 주고 늘 함께 살펴봐 주시는 여러 건물의 관리소장님들, 매일 나와서 길냥이들과 우리 급식소를 지켜 주시는 이웃 주민 분들, 마주쳤을 뿐인데도 가방에서 사료와 간식을 꺼내 건네 주는 처음 보는 사람들, 작지만 도움이 되길 바란다며 손에 만 원을 쥐어 주곤 이름도 안 알려 주고 사라지신 주차단속원 선생님, 밥자리 주변의 풀을 뽑고 뾰족한 나뭇가지들을 치워 길고양이들이 편하게 밥을 먹을 수 있게 애써 주신 우리 아파트 경비원 선생님과 길고양이와의 공존을 위한 서울시 안내문을 각 동 게시판에 부착하고 가능한 방안들을 돕겠다며 적극적으로 나서 주신 관리사무소 분들,

본인이 할 일을 우리가 대신해 주고 있다며 때로는 퇴근을 하셨다가도 돌아와 정성껏 치료해 주시는 동물병원 원장님들…. 그러고 보면 이건 덤으로 받은 고마운 선물이다. 길고양이들과 친구가 되며 내가 느낀 소소한 행복들로 이미 보은은 넘치게 받았으니까.

나는 오늘도 길로 나선다

세상의 모든 길고양이를 내가 다 구할 수는 없다. 나는 내 코가 석자인 암 환자다. 바람 잘 날 없는 우리 급식소들을 돌보기에도 늘 벅차기에 지금, 오늘 내가 할 수 있는 만큼만 해 나갈 뿐이다. 우리가 돌보는 길고양이들이 하나라도 덜 배고플 수 있기를, 조금이라도 덜 아프기를 바라는 마음으로, 오늘도 또 한 발 사람들과 함께 내딛을 따름이다. 혼자는 누구도, 멀리, 오래 갈 수 없다. 그래서 나는 내일도 우리 길냥이사랑단과 함께다.

나의 친애하는

네 발 달린 친구들과

우리 길냥이사랑단 사람들

함께하기에 나는 지쳐 쓰러지거나 무너지지 않고 여기까지 올 수 있었다.

그러니 길고양이에게 밥을 주고 싶다면, 되도록 낮에 나서라고 말하고 싶다. 고양이는 밤에 활동하는 동물이기에 여러 단체들은 어두워지면 밥을 주라고 조언한다. 하지만 길고양이는 낮에도 배가 고프다. 더구나 아가냥을 돌보는 엄마냥들은 낮에도 먹이를 구해야만 한다. 물론 낮에 주면 밤에는 그래도 덜한, 불편한 사람들과의 부딪침을 피할 수 없고 욕부터 시작해 신체적인 위협까지 받을 수 있으니, 주는 사람은 훨씬 힘들다.

하지만 나는 이 모든 길고양이들과 이웃들, 길냥이사랑단을 밝은 길거리에서 만났고, 지금도 새로운 길고양이들과 사람들을 만나고 있다.

내가 마주친 사람들 중 열에 아홉 이상은 좋은 사람들이었다. 처음에는 못마땅하게 쳐다보거나 혀를 차던 사람들도, 내가 먼저 다가가 불편을 드려 죄송하다거나 왜 뭐가 불편하시냐고 말을 걸고 이야기를 나누다 보면 생각보다 많은 분들이 왜 길고양이에게 밥을 주는지, 어째서 길고양이가 인간에게 공생의 대상인지에 귀를 기울이고 마음을 열어 주셨다. 그래서 나는 더 많은 사람들이 낮에도 자지 못하고 먹이를 구하러 다니는 배고픈 길고양이들의 배를 채워 주기를, 고양이만 아낄 줄 안다고 오해를 받는 몇몇 별난 사람이 아니라 평범한 이웃들이 점점 더 많이 함께 길고양이들을 아껴 주기를, 사람들과 길고양이가 서로 친구가 되어 마음을 나누는 모습을 보며 닫혀 있던 사람들의 마음까지 조금이나마 움직여 주기를, 그래서 길고양이들이 밝은 낮에 각자의 매력을 뿜으며 다녀도 해코지 당할 걱정이 없는 그런 날이 하루 빨리 다가오기를… 간절히 바란다.

몸을 낮추고 진심을 담아 눈을 맞추는 순간,

우리는 길고양이와 친구가 될 수 있다.

신비롭지 않은가.

세상 어디에도 없는 자신만의 사랑스러운 친구를 사귀는 방법이 이렇게 단순하다니.

그래서 나는 오늘도 길로 나선다.

사람인 내가 조금 늦거나 빠를 뿐, 언제나 한결같이 나를 기다리는 내 친구들을 만나기 위해서.

내 친구는 길에 산다.

길고양이와 친구가 되는 법
(feat. 우정에는 이해와 배려가 필요하다)

소중한 참고자료

DEAR CATS by 강인규 외

우리는 인사를 했고 평생 함께할 거야 by 겸연 외 42인

둘이면서 하나인 by 고경원

이 많은 고양이는 어디에서 왔을까 by 김바다 외

사연 많은 귀여운 환자들을 돌보고 있습니다 by 김야옹

운 좋게 살아남았다, 나는 by 김하연

고양이는 예술이다 by 데즈먼드 모리스

살리는 일 by 박소영

내 고양이 박먼지 by 박정은

당신이 문득 길고양이와 마주친다면 by 유주연

22똥괭이네, 이제는 행복한 집고양이랍니다 by 이삼집사

히끄네 집	by 이신아
공존을 위한 길고양이 안내서	by 이용한 & 한국고양이보호협회
여행하고 사랑하고 고양이하라	by 이용한
고양이와 할머니	by 전형준
내 어깨 위 고양이, Bob	by 제임스 보웬
수의사 헤리엇이 사랑한 고양이	by 제임스 헤리엇
보드랍고 따듯하고 나른한	by 종이우산
고로 나는 존재하는 고양이	by 진중권
좋은 일이 아주 없는 건 아니잖아	by 황인숙
클레오	by 헬렌 브라운

어린이들을 위한 책

고양이 탐구 생활	by 김재영&고돌댁
뻔뻔한 가족	by 박현숙
강남 사장님	by 이지음
날개 달린 고양이들	by 어슐러 K. 르 귄
고양이 섬	by 이귤희&박정은